Gröls Verlage

„Bücher sind wie Fallschirme. Sie nützen uns nichts, wenn wir sie nicht öffnen."

Gröls Verlag

Redaktionelle Hinweise und Impressum

Das vorliegende Werk wurde zugunsten der Authentizität sehr zurückhaltend bearbeitet. So wurden etwa ursprüngliche Rechtschreibfehler *nicht* systematisch behoben, denn kleine Unvollkommenheiten machen das Buch – wie im Übrigen den Menschen – erst authentisch. Mitunter wurden jedoch zum Beispiel Absätze behutsam neu getrennt, um den Lesefluss zu erleichtern.

Um die Texte zu rekonstruieren, werden antiquarische Bücher von Lesegeräten gescannt und dann durch eine Software lesbar gemacht. Der so entstandene Text wird von Menschen gegengelesen und korrigiert – hierbei treten auch Fehler auf. Wenn Sie ebenfalls antiquarische Texte einreichen möchten, finden Sie weitere Informationen auf www.groels.de

Viel Freude bei der Lektüre wünscht Ihnen das Team des Gröls-Verlags.

Adressen

Verleger: Sophia Gröls, Im Borngrund 26, 61440 Oberursel

Externer Dienstleister für Distribution & Herstellung: BoD, In de Tarpen 42, 22848 Norderstedt

Unsere „Edition | Werke der Weltliteratur“ hat den Anspruch, eine der größten und vollständigsten Sammlungen klassischer Literatur in deutscher Sprache zu sein. Nach und nach versammeln wir hier nicht nur die „üblichen Verdächtigen“ von Goethe bis Schiller, sondern auch Kleinode der vergangenen Jahrhunderte, die – zu Unrecht – drohen, in Vergessenheit zu geraten. Wir kultivieren und kuratieren damit einen der wertvollsten Bereiche der abendländischen Kultur. Kleine Auswahl:

Francis Bacon • Neues Organon • **Balzac** • Glanz und Elend der Kurtisanen • **Joachim H. Campe** • Robinson der Jüngere • **Dante Alighieri** • Die Göttliche Komödie • **Daniel Defoe** • Robinson Crusoe • **Charles Dickens** • Oliver Twist • **Denis Diderot** • Jacques der Fatalist • **Fjodor Dostojewski** • Schuld und Sühne • **Arthur Conan Doyle** • Der Hund von Baskerville • **Marie von Ebner-Eschenbach** • Das Gemeindekind • **Elisabeth von Österreich** • Das Poetische Tagebuch • **Friedrich Engels** • Die Lage der arbeitenden Klasse • **Ludwig Feuerbach** • Das Wesen des Christentums • **Johann G. Fichte** • Reden an die deutsche Nation • **Fitzgerald** • Zärtlich ist die Nacht • **Flaubert** • Madame Bovary • **Gorch Fock** • Seefahrt ist not! • **Theodor Fontane** • Effi Briest • **Robert Musil** • Über die Dummheit • **Edgar Wallace** • Der Frosch mit der Maske • **Jakob Wassermann** • Der Fall Maurizius • **Oscar Wilde** • Das Bildnis des Dorian Grey • **Émile Zola** • Germinal • **Stefan Zweig** • Schachnovelle • **Hugo von Hofmannsthal** • Der Tor und der Tod • **Anton Tschechow** • Ein Heiratsantrag • **Arthur Schnitzler** • Reigen • **Friedrich Schiller** • Kabale und Liebe • **Nicolo Machiavelli** • Der Fürst • **Gotthold E. Lessing** • Nathan der Weise • **Augustinus** • Die Bekenntnisse des heiligen Augustinus • **Marcus Aurelius** • Selbstbetrachtungen • **Charles Baudelaire** • Die Blumen des Bösen • **Harriett Stowe** • Onkel Toms Hütte • **Walter Benjamin** • Deutsche Menschen • **Hugo Bettauer** • Die Stadt ohne Juden • **Lewis Caroll** • *und viele mehr….*

Ludwig Thoma

Jozef Filsers Briefwexel

Inhalt

Erstes Buch 6

Zweites Buch 65

Erstes Buch

Briefwexel eines bayrischen Landtagsabgeordneten

Gelibte Leser

Ich bin der Jozef Filser, kgl. Abgeorneter im Barlamend.

Ich bin gebohren am 16 Sedember 1856 in Mingharding Bosd daselbst als der Sohn des Silfester und der Ursuhla Filser. Ich bin fon meinen Beruf Ögonohm und durch das Ferdrauen des Folkes barlamendarrischer Abgeorneter. Ich habe die Schuhle in Mingharting besucht und auch zu meiner Follkomenheid das Mäzgerhandwerg erlehrnt bis ich das elderliche Anwesen iebernahm und es noch besieze.

Die Milidärzeid habe ich Gozeidank in Minken zugebracht bein 2. Regerment und ohne Schtrafe und bin ferheirated mit Maria Billmoser aus Sinzing wodurch man jez meinen Lebenslauf kent. -

Ich habe als Man des Folkes nichd gewißt das ich zur Regirung beruffen bin sontern inser hochwirninger Her Bfarrer hat es entdekt. Seit 1899 gehere ich zum Barlamend und ist es mein Bemiehen gerechd zun regihren. Ich bin bei dem Zendrum und mus bemergen das ich meinen Bardeischwuhr imer drei gehalden hawe.

Kelobt sei Jessas Kristo in ahler ewikeid.
Ahmen.
Diesses beschtetigt mit eigenhentiger Underschrift

Jozef Filser

An Wollgeborn

Frau Mari Filser
kenigl Abgeornetensgahtin

in Mingharding
Bosd daselbst

Liebe Mari

Ich mus Dir schreiben, das ich gud ankomen bin und die fard war sehr schön in der erschden Klaß. Es war noch einer drin und ein Weibsbild und sie haben aber geschaut, wie ich hinein bin, und es war umadum lauter Samt und ich hab mir gar nicht ausschbeiben traut, weil es so fornehm war. Ich wär liber in der dritten Klaß gfarren, weil der Wagner Sepp drin war, aber leider ich mus erschder Klaß farren, weil ich im Barlamend bin. Libe Mari, gib obacht auf die Schallmoser Kuh, obst nichts am Eider findst und wenn Zau fett is, gibs dem Mezger Haimerl aber nicht dem Lechner Kaschbar, weil er mich beschiesen hat.

Libe Mari, ich hab aber doch ausgschbieben, weil ich müssen hab und der anderne Herr hat es dem Kondukdär gesagt, ob es vileicht erlaubt is, aber der Kondukdär hat sich nicht traut, weil mir regiren.

Dan sin mir nach Minchen komen und ich bin zum Bögnerwirth im Thal, wo mir den Bardeischwur leisten müssen.

Es sind viele geischtlinge Herren dagewesen, die wo gesagt haben, mir brauchen blos das Maul halden und sie machen es schon.

Libe Mari, ich bin froh, das ich keine Rede nicht halden brauch, sondern das Maul.

Darnach haben wir taroggt und ich hab dem bresidenten Orterer eine March siebsich abgewonen, denn das kan ich besser, wie die Großkopfeten.

Der Orterer is aber wild worn, und der Pichler hat gesagt, mir solen ihn gewinnen lasen, weil er sonst morgen nicht so gut regiren kan for lauder Wut.

Ich mag aber nicht.

Von mir aus könen sie uns mit der Bolidik alles anschaffen, das wir folgen missen, aber beim Taroggen versteh ich keinen Spas.

Libe Mari, ich glaub, das die Blaßlkuh bald stierig werd und du darfst es nicht verseimen.

Den beriemten Dokter Heim hab ich auch gesehen aber er is mit dem Daller zerhackelt und der Orterer macht eine anderne fozen, wenn er ihn siecht.

Libe Mari, ich mus jetzt mein Schreiben beschlüssen, denn mir missen morgen früh ins barlamend zum Regiren. Griese den Kleiber Wastl recht schön und der Huber sol den Kunstdunger bald schiggen, das mir ihn haben und lebe woll von deinen Dreien

Jozef Filser

Gib Zau nichd dem Lechner Kaschbar.

An den wohlgebornen Herrn

Jakob Absreiter, Oekonom

in Mingharting, Bosd daselbst

Lieber Freind

Indem du mich aufgevodert hast, wil ich mich hinsetzen und Dir unsere Bolidik beschreiben.

Sie get immer sehr spät an, weil mir erst um zehn Uhr anfangen, aber ich steh schon um siebn Uhr auf, das ich gar nicht weiß, was ich anfangen sol und ich geh in der Schtadt herum und schau die Leute zum arbeiten zu, aber um acht Uhr geh ich zum Donisl, wo es am fidöllsten ist und es gibt gute Weiswürschte.

Dan fergeht die Zeit bis ich langsam ins Barlamend gehe und die Auslagen anschaue mit ihre Bildeln. Da tätst schaugn alter Schpezi, was man da alles siecht, das einem gleich das Wasser im Maul zsammlauft, so fiele nackerte Weibsbilder. D' Hauptsach siecht man nicht, liber Freind und Schpezi, aber das Milchzeug siecht man schon ganz frei oder ein Hinderkwartier, das nicht schlecht ist.

Gestern wie ich dortgestanden bin und schauge durch das Fenster auf ein blizsauberes Madel, das die eine Hand vorhald, du weist schon wo, und die anderne Hand for ihrem Milchzeug, komt auf einmal der Lerno und schaugt auch hinein und schbeibt for lauter Entriestung aus. Er hat gesagt, fui!

Liber Schpezi, das Madel war gans sauber, aber leider es ist unmorallisch.

Um zehn Uhr get die Bolidik an und mir gehen in das Barlamend hinein in den Sahl. Auf der einen Seit und in der Mitt sizen mir und machen beinah alles voll, denn mir sind die Mehreren, dan komen die lüberalen freimaurer und dan komen die Sozi. Oben auf siezt der Orterer und giebt Obacht auf ins, das nichts bassiert und bal einer die fotzen recht aufreist, schwengelt er mit seiner Glocken.

Es gibt sogenante Generalredner und Schpezialredner. Die Generalredner sind der Daller und der Pichler, weil sie es am besten wiesen und immer dran komen.

Liber Freind, Du hast mir geschriben, ich soll es im Barlamend forbringen, das Dich der Schandarm aufgeschrieben hat, weils Du an einen öffendlichen Weg Deine Notdurft gemacht hast.

Liber Freind, ich bringe es schon for, aber der Pichler hat gesagt, das gehört ins Minisderium des Innern, aber jetzt hamm wir die Justits in der Arbeit. Ich glaube schon, das mir dem Schandarm eine Suppen einbrocken und das ihm der Minisder einen Deuter gibt, denn sie ziddern schon, wenn mir blos mit die Augn blinseln.

Es ist schad, das die Notdurft nicht zum Kuldusbidschö geheert, denn er ist inser bester Freind und zidderd noch mehrere wie die andern.

Ueberhaupts, liber Schpezi, wen Du wiesen thetest, was fir einen Reschpekt die Großkobfeden for uns haben, mechtest Du schaugn und keine Angst nicht mer haben zwegn Deiner Notdurft. Jetzt missen wir bald gegen den Blazed kembfen.

Liber Freind, du weist nicht, wer der Blazed ist; ich weis es auch noch nicht, aber der Daller sagt, wir missen ihm den Garaus machen. Es mus Einer sein, den wo die geischtlingen Herrn auf dem Strich haben, den beim Bögnerwirt legen sie oft die Karten hin und schimbfen auf ihm und der Pichler hat vorgestern seine Eichelaß verschunden und gar nicht mehr gewißt, daß der Eichelzehner schon geschmiert war von seinem Freind, weil er bloß auf den Blazed denkt hat. Wir missen ihn mit aller Kraft bekembfen, sahgt der Daller, so geht es nicht mer.

Mir ist es gans wurscht, aber ich kembfe schon gegen ihn.

Die Hauptsach ist, das mir eine Eisenbahn nach Mingharting krigen und ich will schon meinen ganzen Einflus ferwenden und nachschieben, das die Großkopfeden nicht wieder darauf fergessen.

Also brauchst keine Angst nicht haben. Deine Notdurft bring ich schon beim Minisderium des Innern for, und lase überhaupts nicht nach fier die Inderessen meines Wallgreis einzutreten, und lebe woll fon

Deinem lieben Freind
Jozef Filser,
Landagsabgeorneder

An hochwierden hern

Bfarrer Emeran Schanderl

in Mingharting,
Bosd daselbst

hochwierden Herr Bfarrer,

Gelobt sei Jesses Kristo in aller ewigkeid amen. hofendlich is der herr Bfarrer gesund und kreizwollauf und die freilein Köchin, das sie iren Grobf mit schmaltz einschmierbt, bis er fergeht.

Ich bin auch wollauf in der schtadt Minken und regire, wie es der hochwierden Herr Bfarrer angeschapft hat und vergiß auch nicht auf die heulige Rehligion und friehmeß, aber leider den nahmidägigen Rosengrantz kan ich nicht beiwonnen, indem das ich im Barlamend bresent sein mus, wo mir jetz beraten, wie Deier das Bir sein derf und nicht zwei Fennige mehr kost.

Ins Teeater und die andernen Freidenorte geh ich nicht und lase nicht meine unschterbliche Sele verterben, wo Herr Bfarrer geschriben hat,

Blos einmal bin ich im Koliseum gewest, aber es war keine Gefar nicht dabei, weil auch inser hochwierniger Herr Pichler dabei war und ein Hanswurscht hat auf dem Fotzhobel blast und is auf dem Kobf gestanden dabei, und sind aber keine Unkeischheiten nicht vorgekomen, sinst wär der Pichler nicht dagewesen. Der Hanswurscht war anderst fidöll.

Gestern hab ich mit meinem Bardeibruder Lerno in der Blänarsiezung gesbrochen, und er hat gsagt, wen die Freilein bfarrerköchin fieleicht einen fedden Hund abstiecht und sein Schmaltz auskocht, wen der Mond waxt, und auf ieren Grobf legt, fergeht er, weil er auch einen gehabt hat.

Beträf den abdrinnigen bfarrer Grandinger mus ich inen schreiben, das er sich recht kraudig macht und Reden halt als wen er auch einer wär, aber mir bassen nicht auf und lachen blos. Das is ser draurig, das ein Geistlinger bis auf die Freimaurer herunder komt.

Fieleicht is er eine Heumsuchung Gottes und man mus es mit Seifzen hinnemen, hat der Pichler gsagt, zur Briefung inserer Schtärke. Der fedde Hund fier die Freilein bfarrerköchin derf alles sein, blos kein schwartzer Budel und mus man drei Vaderunser betten, wen man das schmaltz auslast.

Die Oberbfälzer ham alle Gröbf und fertreiben in auf disse Weuse.

Jetzt hab ich noch eine Gewissensfrage, hochwierder herr bfarrer, weil ichs fergessen hab, ob ich fier oder gegen die Beamdenaufbäserung schtimme. In der Bardei is keine Einigkeid nicht forhanden, weil es verschieden ist und die, die wo was kriegen, sind schon dafier, aber die andern wo blos zahlen, sind nicht dafier.

Ich bitt schön, hochwierden herr Bfarrer, schreim sie mir meinen Schtandbunkt und obs sie noch befehlen, das inser Bezierksamtman zwegn seiner frechheit gegen inen fersezt wern mus und wohin ich in fersezen lase. Wen sie im nicht ferzeien, bin ich gantz ungnedig und tue in auf einen schlechten Bosden, wo er sich fieleicht besinnd, was er der geischtlingen Obrigkeid schuldig is.

Gesdern is die Viehzälung gewesd, so hat es meine Bäurin geschriebn, und sie ham mir alle Rindfiecher aufgschriebn.

Inen auch?

Ich mus es etz beschlüssen, und sagens der Freilein Köchin, das ieren Grobf mit hundsschmaltz einschmierbt und auf widersehn macht freide

Ir liber Freind
Jozef Filser,
Landagsabgeorneder

An Wollgeborn

Hern Jozef Filser,
kenigl. Abgeorneter

Minken
im Barlamend

Liber Jozef

Ich mus dir schreim, weils mir der Bfahrer zum wiesen gmacht hat, das ier einen so hochen Daglohn kriegt.

Ich mus dir schreim, das ich es schon weis, das iers eksdra 400 March kriegt. Fieleichd meins du, ich weis es nüchd; aber ich weis es schon.

Der Bfahrer hat gsagt, das du 3600 March kriegsd und nicht mehr blos 10 March im Dag.

Liber Jozef, fieleichd schreibsd du wider, das es nüchd gelangt, weils du imer gsagd hast, das 10 March nüchd glangt.

Aber ich weis es jetz, das ier aufbäsert seids und du musd Geld heimbringen, sonsd bas auf!

Und 400 March hasd du eksdra kriegt, und ich weis es schon. liber Jozef, wo ich so fiel Ferdrus mit die Diensboden hab, weils du nüchd da bisd, musd du fieleichd das Geld ferbuzen?

die Zenzi is jetz ganz frech und hat gsagd, obs fieleicht nüchd gnug arbeit, sagds, und ich hab gsagd, sie sol nüchd mit den Rosknächt spenzeln, und sie sagd, mich gez einen Dräg an.

liber Jozef, es is gans ausgschamt, wies bei dem Mensch zuget und in der Nacht laufens mit die gnagelten Stifel einunaus und grad zugehn thuts. Vorgesdern bölld der Hund ich hab mir gleich denkt aha und schaug naus und es war dem Wagner sein Natzi und er hat schon ein Hagsen über der Aldan ghabt.

Gest oba! hab ich gschrien, und er schreid, am... liber Jozef, du weisd es schon.

In der fruh hab ich zu der Zenzi gsagd, ob ich fieleichd zuschaugn mus bei so was und sie hat gsagd, wens mich gfreut, derf ich auch zuschauen, und neiling hab ich gsagd, sie sol nüchd mit dem Rosknächt spenzeln und sie sagd, mich gez einen Dräg an.

Es is kein Reschbegd forhanden, weils du nüchd da bisd und fieleichd verbuzd dus Geld auch noch.

Aber ich weis es schon, das du 400 March kriegt hasd und fieleicht meinsd du, ich weis es nüchd.

wenn du bald kombst, bring mir ein baglmeite mit und eine Kuhken braugen mir auch.

Ich mus dir noch schreim, das den Wagner seine Binschgauerin ein Keiwel kriegt hat, is aber gleich feräkt, und die Bfahrerkechin reibt sich fleißig mit deinen hundsschmalts ihren Grobf ein, wo ich bin mit filen Grüßen von deiner liben

Mari Filserin.

Ferbuz das Geld nüchd!

An Herrn Bechler Gorbinian

Bosthalder in

Mingharting
Bosd daselbst

Liber Schbezi.

Jetz bin ich wüder in Minken, Gozeidank, den ich mus Dirs sagen, das meine Alde schbinnt un si is iberhaupts narrisch, indem sie klaubt, das ich mein Geld ferbuz und fieleicht gar mit die Weibsbülder. liber Freind, Du kenzt mich und weist schon, das ich gern fidöll bin und auch waar es nücht zwider, was man siecht im Garnawal, wo die Madeln ihr fleusch in di Auslag hengen, das es einen gantz anderst wird bal man hinschaugt, aber liber Schbezi, Hand fon der butten, es san Weinperlen drin, und inser heuliger kadolischer Glaubn un der Saggerament der Ehe schteht mir vor Augen.

Mit dem Regirn hamm mir jetz wider ein Kreuz un es get eine bluatige Arbet an im barlamend. Gleich den erschten Dag hams mir drei dicke Heften geben und ham gsagt, es sünd Regirungsforlagn und Rehfirade zum Schtudieren, aber ich hab mir was denkt, ob ich fieleicht die drei Heften schtudier, wo ein jedes Dicker is wie der Sultspacher Galender und ich fieleicht Gobfweh krieg fon lauter Schtudieren und ich bin zum Schweinmezger gangen oder Scharkudier, wie mans heußt und hab die drei Heften fier zwei Gnackwürschte ferkauft un da hab ich doch was Dafon und brauch kein Gobfweh nücht zum kriegen.

liber Freind, in inserer bardei gracht es, weil der Dokder Heim jetz anderst aufdraht gegn den Hochwierden Hern Pichler, der wo der Alergescheidest sein mecht.

Eugenlich san mir vereidigt worn auf den Hern Pichler, aber ich mus es Dir schreim, das mir heumlich den Dogder fiel lieber habn, und das es ins gfreut, wen er dem Pichler solchene Fotzen hinhaut, das er gans Damisch werd und seine bletschen so draurig hengen last, das man gleich mit die Schlabbschuh drauf tretten kan.

Den er is sär hochmietig und er und der Orderer wiesen gar nicht for lauder Schtolz, was sie thun missen.

Zun beischpiel liber Freind, bin ich gestern auf den Abdrid gangen, weil ich missen hab un es sind zwei Abdrid im barlamend, einer mit einen feinen babier für die Geischtlingen und Herrn un der ander mit einem groben Babier fier ins Bauern. leider es hat bräsiert un aus den bauernabdrid hat einer geschrieen besäzt, das ich grad noch in den geischtlingen Abdrid komen bin und ich war froh.

Aber wie ich heraus bin und beim Zugnöpfeln war, schteht der Orderer da und schaugt mich gantz fuchsdeifelswild an un fragt mich, ob ich nicht weis, das es sein Abdrid is.

Ich hab gsagd, das kan ich nüchd schmeggen und er hat gsagt, das kann ich schon schmeggen. Und dan is er hinein, leider is fieleicht nücht alles schön gwesen, was er gesehen hat, indem es mir so bräsirt hat und ich hab den Deckel nücht gleich aufbracht und er war gantz kasweis, wie er in den Sall zurieck gekomen ist. Jetz haast er mich, und er hat sich beim Ausschus beschwert bedreft Verunreunlichung geischtlinger Abdride.

Ja, liber Schbezi, fon disen bolidischen Kämbfen macht sich keiner eine Forstelung, der wo drausen is und fieleicht klaubt, das Regirn is so leichd, oder es is lauder Frieden un Eunigkeit in der bardei. Man kent sich oft gar nüchd aus, wie mans recht machd und wie man seine Schtimm abgeben mus.

Der barlamendarische beruf ist aufreubend und man bringt ein groses Obfer fier den Wallgreis. Aber in Goznamen, ich bring es und denk, fieleicht is es doch schöner als daheim, wo einem die Alde aufbasst. Sag es aber Niemand, liber Schbezi und kome bald, das wirs fieleichd auf eine Rehdutt gehen und fidöll eine flaschen Schambaninger drinken. Im deitschen Theeader hamms obn weniger an und aber im Kindlkeller is fon unt auf mehr zum sehgn. Was dir liber is, da gehen wir hin.

Und auf Widersehen macht freide

von deinen
liben
Jozef Filser.

An hern joseph Filser

Abgeornter in

Minken
im Barlamend

Liber Sepi,

Das gfreit mich, das mir miteinand auf di Rehdutt gengan und das mir nücht zu weng aufdran daderfier kenzt du mich, alder Gombanieschbezl und odrahter Lumb. Miserabliger und gans ausgschamter.

Hergozaggerament, ich bin schon fidöll, wan ich blos dran denk, und ich bin schon hungrig auf eine andere Fleuschsbeise.

Aber ich mus dirs schreiben, das du keinen schnaufer nicht maxt fon dissen Abendeiern, die wo wir ham, indem das meine Alde schon was in der Nasen hat. Sie mus es in der lufd richen, das mir auf dem Abweg sind, den si get umanand, un macht Augn wie eine Kaz auf ieren Ganarifogel.

Und ich derf nichd laud feiffen, sinst wierd sie gans wild. Ich hab gesagd, das ich nach Minken mus, ums mit dier zu beraden zwegn der Eusenban und fileichd, das mir zwoa zun Minisder hinauf gengen. Sie klaubt es nichd und hat gesagd, den gschlampeten Minisder kent si schon. leider sie hat mich einmal erwiescht, wie ich bei dem Spielmadel an irer Kammertier klobft hab und gsagt hab, obs fileicht in der fruh ins Engelamd get.

Meine Alte hat nicht klaubt das ich blos zwegn den Kirchenbesuch das Madel gweckt hab und seit derer Zeid schaugt sie mich an wie einen Ganarifogel.

Aber liber freind und Gombanieschpezl, du musd es schlau machen und recht barlamendarisch indem du moring delegraffirst, das der Minisder ins schprechen mus.

Fieleichd is es noch gscheider, wenst du fier den Minisder selm underschreibst, da haut es beser, und den Namen brauchsd ja nicht felschen, weil es dellegrafisch ist, und wen der Schwiendel aufkombt, sagst blos, es is eine Fiecherei.

Da lachd der Minisder.

Auf disse Weuse kan ich meine Alte schön schlenggen, auch wen sie klaubt, sie hat es in der Nasen.

Ich ferlase mich ganz auf dich, alter Gombanieschpezl, das mir ein baar nedde Madeln finden aber keine alten Schlidden.

hergozakerament, ich gfrei mich gans damisch auf dein Delegram fon insern Eusenbanminisder, und mir gehen ins deitsche Theeader, aber auch in Kindlkeller, weil mir ales priefen wolen. bis aufs Widersehn du ausgschamter Patzi

fon deinem
liben Gorbinian Bechler
Bosthalter.

Im Delegram mus es heisen, das ich one Gnad und Bardon komen mus.

An Hern Bechler Gorbinian
Bosthalder in
Mingharting
Bosd daselbst

Liber Freind

Ich schreibe Dirs mit häfdigen Gobfweh und ich habe schon zwei Bulfer gefressen, aber leider es ferget nichd, sondern es schticht, als wen mir einer Dratstefden in den Gobf schlagt.

Liber Freind, du bisd schuld, das es mir jetz zum Schbeiben schlächt is, den wegen dir habe ich inser Abendeier fortgesäzt, das wo mir im Kindlkäller gefunden ham.

Liber Freind, ich mus es dir erzehlen, das die Baronässin, wo so fiel Schambus drunken had und wo du gans weg gwesen bist, keine Baronässin nichd is, sondern sie is der abscheilingste Schlamben fon Gising bei Minchen.

Weil Du gesagd hast, ich mus es heraus bringen, bin ich nochmal auf die Redutt gangen, das ich ir fieleichd einen schenen Grus sagn derf fon insern bosdhalder und obs sie in fieleichd nichd fergesen had.

Ich hab sie auch gleuch getropfen, und si war wider als babi da mit einen Schnuler umghängt und hat gleich gfragt, ob der Wampete nicht komd und das bist du, liber Freind. Ich hab gesagd, er kombd nicht aber er last sie griesen und da hat sie gsagd, es macht nix und ich sol ir Schambus zaln und ich hab ir auch einen gezalt und noch mehrer.

Si is gans lübreich gwest zu mier und nach der driten Flasch is si auf meinen Schoß gesätzt und hat mich abgeschleggt und iberhaupts is sie noch zertlinger gwest als wi bei dir liber Freind und wen ich gesagd hab, obs an dich denkn thud, hat sie gesagd, du bist blos ein gscherder Rahmel und si will blos von mier was wiesen. Liber Freind, ich mus es Dir schreim weils war is.

Nach der fimbften Flaschen hat si gsagd, mir wolen gen, und ich war auch besopfen und hab gefragd, ob mir fileichd heim gen, aber sie hat gesagd, nein, weil ier Gemall ein Baron is, der wo eifersichdig is und fileicht schüßt, aber mir gen noch wohin, da wo mir Weiswierscht äsen. Das is mier auch liber gewest, als wen ier Gemall einen Schbedaggl machd.

Und mir sind zu die Weiswierscht, aber liber Freind, ich weis es nichd mer, wo es gewesen is und mir sind umadumm gangen bis mir hinkomen sind und es war eine gans träkige Wirdschafd, da wo mir hinein sind.

Liber Schbezl, jetz baß auf, wie es mir da gangen ist und was es fier lumpen gibt in der Schtadt herin, wo mir keine Anung nichd ham.

Die Wirtschafd war noch foller Leid und mir sind an einen disch, wo anderne gesätzen sind und es warren bekante von ier und sie hat gesagd ich bin ier Breidigam. Jessesmarandjosebf, wenn es fieleicht meine Alde wiesen tät, das ich der Breidigam gewest bin von einer solchenen Schlamben! Di andern ham mir kradalierd, was ich fir ein Glick hab und ich hab missen Bier zaln und Ale ham angstößen und einer hat gfragd, was ich bin und ich habs pfeigrad gsagt, das ich in Barlamend siez und da hams Egslengs zu mir gsagt und sin gans häflich gwesn. Und da ham mir Ale weißwierscht gäsen und ich bin ser fidöll worn und hab gsungen, un wen ich färdig war, hams ale gsagt, der egslengs mus noch einen außerlasen und ich hab einen außerlasen.

Liber Freind, jetz baß auf!

Der Schlamben, wo du klaubst, das sie eine baronnässin war, is gans zertling worn, das ich schir nimer schnaubfen hab kinnen, so hazie mich trukt und puselt und is mit iren Pläker in mein Gsiecht umeinandgfarren un di andern ham gschrien, schaugs nur krad die baronnin an mit ieren egslengs.

Aber jetz hab ich gen wolen, aber es war kein Gäldbeidel nichd mer forhanden, sondern er war vort und ich hab geschrien hilfe, mein Gäld is gestolln. Liber Schpezl, jetz baß auf, wis mir gangen is. Sie ham mich bei där Kurgel gebakt und Einer schreid gleich Du gscherds Dach, Du henglender Du lufdgselchder, ham fileichd mir dein Gäld?

Ich ruhfe um Hülf und bollizei und Schantarmeri, aber die Baronäsin haud mir den Sänfkiebel auf di Fozen und ein anderner schlagd mir ein Bar wadschen hinein und ein anderner bakt mich bei di har und steßt meinen Gobf auf den Disch und ein Anderner schlagd mich auf die Nasse, das ich blüten hab missen und der Wird machd die Thier auf.

Da hams mich hinausgeschmiesen und einen Dritt geben als wen ich ein handwergspursch bin aber kein Abgeorneter und mitglid im Barlamend.

Liber Freind, jetz bin ich auf der Strase gesäzen und hab nichd gewißd wo ich bin und hundert simmazwanzd March warn ferlorn und fierundsechzg warn schon fersopfen.

Ich bin lang gangen, bis ich ein Schantarm gesähen hab und er hat mich gesähen und hat gefragtd wer ich fileichd bin.

Ich hab im gesagd, das ich im Barlamend bin, aper er had gelacht und had mich auf di Schtazion genohmen, da habens mich gewaschn und jetz habens mich erkent als Abgeorneter.

Ich hab aber nichds gesagd, was mir bassirt is, das es meine Alde nichd erfart.

Liber Freind, jetz weisd du es, was ich fier dich gelidden habe wegen deiner baronässin, wo dir so gfalen hat.

Ich geh aber nichd mer auf die Rehdutt, sondern ich arbeit nur mer im Barlamend.

Und ich bin jetz im Ferein gegen Unsiddlichkeid eintretten, weil ich di abscheilingen Auswükse der Grosschtadt kene und ich weis jetz, was fier eine Ferworpfenheid im Volk härscht, wan es keine Mohral und Räligon nichd mer hat.

Nichd blos, das si einen das Gäld stelen, sondern si mishandeln den Unglieklichen, wo fertrauensfoll zu inen kombt.

Nein, es mus wider die heulige Räligion reschbegdird wern und solchene Schlamben, di wo als Baronässinen ir handwerg treibn und dan einen mit den Sänfkiebel auf den Gobf schlagen, missen ins Zuchdhaus.

Jetz heist es nicht mer, mein Geisd ist schtark, aber mein Fleusch ist schwach, sondern ich geh auf keine Rehdutt nicht mer. liber Schbezl, fiere mich nichd mer in fersuchung, den ich will nichd mer gengen das heilinge Saggeramend der Ehe siendigen und mich nichd mehr mishandeln lasen. Das musd du wiesen von deinen

liben Freind
Jozef Filser

Halz Mäu und sag es keinen Menschen nichd, sonzt sag ich es auch von dier.

An den hochwierningen Gabidlforsdand und
geischlingen Rad Dobias Angerer

in Zillhofen
Bosd Mingharding

Hochwiern Här geischlinger Rad

Kelobd sei Jesses Kristo in aler ewigeid Am. Aleluha! Frologged im Härn und jauxet. Heulig, heulig, heulig sei der här Sebahod!

Teo krazias!

Den der här had ins seine Barmherzikeit erwisen und insern hochwierningen Bresident Orderer seinen finfazwanzgeten Jubileum gefeuert.

Teo krazias!

Hochwiern här geischlinger Rad, ich mus inen meine Glickseligeid mideilen, die wo mir ale gehabd hawen in der freidingen Erwardung dises schenen Dages, disses ährendages, wo inser hochwiern her Bresadent Orderer seine sülberne Hozeit mit dem Barlamend feuern derf, nemling den ersden Merz.

Oh wi unervorschlich sind Godes Wäge un wi krenzenlos is seine Barmerzikeid, das er in fon einen ladeinischen Schulmeisder bis zu der Schbize der Regirung gepracht had!

Teo krazias.

Lobed God, wo auf der nidrigsten Greadur sein aug had und das ermste Geschäbf erhäht.

Wen man es bedengt, das er for einer kurtzen Schbane Zeid plos ein harmsäliger brofäser war und es hawen im fileichd seine Schullgnaben nichd gefolgd sondern ien zerbleggt und jäzd folgd im das ganse Volk un das ganse Land und die Minisder und die Brinsen folgen iem und der genigliche Hof und jeder schantarm mus iem folgen und ale miesen auf iem aufbasen, was er sagd. Das ist ein sichdbares Wunder durch die Krafft des Gebedes, wo einen kleinwinzigen Brofeser zu einen mechdigen Härscher machd.

Lobed den Härn! Und frologged und jauxet! Aleluha, Aleluha!

Jez mus ich nach disser andächtingen Bedrachdung mideilen, wie mir den Dag gefeuert hawen.

Hochwiern här geischlinger Rad, jäz mus ich es ienen schreim, das mir Ale im Kasino fersambelt gewesd sind am Abend dafor un der hochwiern Här Domgabidelar Pichler had die Bredigd gehalden ieber den Bsalm, wo es heust, ich läge Deine Feunde zun Schemel Deiner Fieße.

Ho wi wahr ist es doch, was der Bsalmmisd singd, had er gesagd! Ho wi erfillt sich ales so härlich an insern Bresadenten!

Die Lüberalen sind for seine Fieße als Schemel hin gelegt und aber auch die Minisder und ale Groskopfeden sind hingelegt und miessen gnirschend und zehnefledschend zu iem hinaufschaugen, wo er jäz auf dem Throne der Härlichkeid siezt. Der Bsalmmist hat gesagd: Härsche inmidden deiner Feunde!

Sehen wir nichd insern innigst gelibten hochwierningen und unbeschreublingen Bresadenten Orderer inmidden seiner Feunde härschen?

Inmidden fon die Unkläubigen und Lüberalen und Sozi? Aber der Bsalmmisd sagd, God richded den Geringen auf aus dem Schtaube und erhäht den Armen aus dem Kode und machd aus dem Brofäser einen Bresadenten und säzt ien neben die Fürschten seines Folkes und sein Samen wird mechdig auf erden. Und ales disses schtimt aufälig bei insern unbeschreiblingen Bresadenten Orderer, Amen!

Hochwiern här geischlinger Rad ich mus es ienen schreim, das disse Bredigd auf ale Anwäsenden gans mechdig gewürgt had, indem das mir ale die almachd Godes bewundert hawen und jäz is er selpst gekomen, den wo mir als libling

Godes erkent hamm. Nemling jäz is der Bresadent Orderer auf das Bodium hingestanden und had zu ins unwirdinge sindige Menschen gesprochen.

Er had ins gedankt fier insere Dreie und fier das Fertrauen, wo mir auf ien gesäzt hawen und er had gesagd, er weis es nichd ob er ales ferdient. Die Dränen sind iem herundergelaupfen bis auf den Bard, wo sie im hengen blieben sind und mier sind die Dränen heruntergelaupfen und ich wahr gans soachnas und die antern auch. Sogahr der Kolega Heim had geschluxt, hobwol er ien nichd mag und sich immer rebellisch bezeigd gengen die Obrigkeid des Bresadenten.

Und der hochwiern här Pichler und der hochwiern här Gärstenberger und der hochwiern här Daller und der hochwierninge Här Jeger un der hochwiern här Frank un ale geischlingen kristgadolischen Abgeordneten ham for lauder Wemud geschmoltzen und der Lerno hat furchbar geschmoltzen und hat eine gans draurige Fotzen gemachd, indem mir ale geriert gewest sind fon dieser Bescheidenheid fon disen grosmechdigen Bresadenten.

Hochwiern Här geischlinger Rad ich mus ienen mideilen, das ich klaube, das der Heim in dissem erkreifenden Augenplick dem Orderer im stilen Abbit geleisded had zwegen dem Ferdrus, wo er iem gemachd had.

Und ich hab iem auch Abbit geleisded, Sie wiesen schon, indem ich iem auf den Deckel von seinen geischtlingen Abdrid eine Unfledigkeid begangen habe, aber blos weil ich muste und es so geschwind war, aber in dissem erkreifenden Augenplik habe ich Reie emfunden und ieber meine Unfledigkeid eine Bedrachtung angestellt. Ich wiel seinen Abdriddekel nichd mer beschmutzen.

Mea kulba, mea kulba, mea maksima kulba.

Bei dissen Gedanken ist aber der Vertretter des Minisderiums auf den Bodium gestanden und had seinem Forgesäzten einen grosen Orden ieberreichd wo mit einen grosen Band ieber den Hals gedragen wird wie eine kugloken.

Inser hochwierninge unbeschreublinge här Bresadent hat beinah ausgeschaugt wie ein fornemer Mentsch oder ein Gäneral.

Die geischtlingen Abgeorneten ham es ins erklert, das disser Orden eine Umwelzung ist in Bayern, indem das damit bewiesen ist, das die anderne Regirung for uns Angsd hat und ales tun mus, was mir wolen und uns schmeigeld, das wir sie bestähen lasen und nicht umschtirzen und deswengen hawen sie dem Bresadent einen Orden geben, den wo man nichd blos ins knobfloch stekt sondern ien um den Hals hengt. Da waren wir auch sär geschmeigeld und mir wolen die anderne Regirung noch nichd schtirzen. Hochwiern här geischlinger Rad, ich mus jäz mein schreiben bald beschlüssen, indem diser Orden der Gibfelbunkt der Freide war.

Am andern Dag war im Barlamend noch eine Feuer, indem ales foll Blumen war, wo auch di Lüberalen und die Sozi inserm Bresadenten damit beschengd ham.

Ich klaube aber nichd, das es ienen ernst war, sondern si hawen es blos so gedan, und auch had inser kristgadolischer Abgeorneter Pichler gesagd, das unter dissen Blumen die Schlangen sind, nemling die Schlangen der Aufklerung und der Räligonslosikeid.

Inser Bresadent hat es schon gemerkt, aber er had si angenohmen, weil er Niemand beleidingen wiel und so fornehm ist.

Am zweiten Dag hat inser Bresadent Orderer den Brinsregenden mit seinen Besuch beehrt, das er sieht, das der Bresident mit dem Orden zufrieden ist und das er foler Wolwohlen fier den Brinsregenden ist und das auch mir zufriden sind und fohler Wolwohlen.

Der Orderer ist auch gleich beim Essen dagebliben und had den Brinsregenden mit seiner Anwäsenheid beärt.

Leider es ist inserm Bresident auf einmal schlächt worden, das er geschwind had hinaus missen, wohin weis man schon.

Mier ist dise Nachrichd ein Trosd gewesen, weil er gesehen had, das man oft geschwind mus und das ich es nichd mit fleuß gethan hawe auf den Deckel, sondern aus Notwär. Jäz haz ien selber in dem geniglichen Gemache ieberfalen und er weis jäz, wie es dabei zuget bei disen Gwalen, wo man emfindet, wen es so bräsierd.

Hopfendlich war es nichd zu schpät, wi er hinaus ist, weil auch disses forkomt, das es zu schpät ist. Er ist aber trotzdem nichd heim gegangen, sondern er ist gebliben, das der Brinsregend eine Freide hat.

Disses war der Schlus der erhebenden Feuer, fon dem jubileum fon inserm erhabenen kristgadolischen Bresidenten. Teo krazias! Und ich mus jäz mein Schreiben beschlüssen in kindlicher Verärung und bin

ier liber
Jozef Filser,
Abgeorneter.

An den Bechler Gorbinian

Bosdhalter in Mingharting

Bosd daselbs

Liber Schbezi

Mein Gobf heult und ich wil es fergäsen, was ich gelidden hawe fier Dich, du helendiger Batsi.

Ich bin anderst froh, das Nimand nichs weis fon dissen geschlächtlingen Abendeiern, wo si mir den Sembfkiebel iebers Mäu gehaud had, den wen es fileichd ein Lüberaler gesbant häte oder fileichd ein Sotsi, were es fier die Bardei ein Plamaschi gewessen und kein Mentsch weis es nücht, was fier bolidische Volgen daderaus komen. Aber Gozeidank weis es Nimand und du halzt schon dein Mäu, weil Dich sonzt deine Alde herumlast.

Ich erwenne dises Gabidl fon Deinen geschlächtlingen Absichden indem das mir jäz gerade fon der Siddlichkeid im Barlamend dischkatieren, wo es ienen mein Bardeigenose Frangenstein hinreubt. Er is auch ein Baron, aber kein solchener, wo ich durch Dich auf der Rehdutt kene, sondern ein würkliger. Er is scharbf auf di liderlingen Weibspilder und erlaubt keinen Mentschen einen Genuss, auser im verheuradeten Zustand, wo es sich fon selber ferstet. Und er get gar nichd mehr durch die Magsimilansstrase, indem dort fiele liederlinge Bilder in der Auslag hengen.

Dier möchden sie woll gefahlen, Du Batsi aber dem Frangenstein gefahlen sie nichd, sondern im Gegendeil.

Der kristgadolische Redagdör mit Namens Klausen had gesagd, das er eine scheißlinge Samlung fon den gemeinsden Bfodagrafin besiezt und jäz wiel es jeder sähen, das er es weis und es get gans narrisch zu und ich wiel es auch sähen und es dier erzelen, das dir das Mäu trobpft, Du helendiger Batsi, aber Dier zeigd man es nichd, weil es nüchd fier das Volg ist, sondern fier die Volgsverdretter un die Regirung. Mir känen es ferdragen one das mir ferdorben wern aber Du kriegsd einen Dräg zum sähen.

Das dier forleifig das Mäu wesserig werd wiel ich Diers in ferdrauen sagen, das sie ale budelnackert sind und es sind ieber Dausend Scheißlikeiden. Ich gfreu mich ganz damisch darauf. Liber Schbezi. Jäz mus ich Dir schreim, das ich in der foring Woch an den groskobfeden Bfarrer fon Zillhofen einen Berüchd abgeben hab ieber den Jubileum fon insern Bresadenten Orderer.

Leider ich hab missen, den ich hab es nichd gern gemachd, indem das ich den Orderer nichd schmeggen kan und ieberhaupts kan ien keiner nichd schmeggen fier seinen hochmiedigen Schtolz und indem ich den Bfarrer fon Zilhofen noch weninger schmeggen kan, aber leider ich hab missen, den man muß volgen oder man wird kein Abgeorneter nichd mer.

Aber ich hab fier Dage geschriem an dissen Brif, aber ich hab ien doch geschlenggt und die Augen ausgwiescht, indem das ich aus meinen Gebetbiechel abgeschriem hawe und habe es dem Bfahrer hingribn, das den Orderer auf eine selzame Weuse schlächt worn is. Liber Schbezi, du verstest mich schon und die Geschichde mit dem Abdriddekel habe ich iem auch hingribn und hawe aber ganz reimiedig gedan, aber ich habe es doch mit fleuß gemachd, das der Orderer einen heundel gehabd had. Liber Schbezi, ich mus dir mideilen, das ich einen gans heuligen Brif geschrieen hawe, das Du dich grobferd lachen musd, wenn du es läsen kunzt, aber der Pfarrer schbant es nichd, das ich ien derbleggt hawe, sondern er friest es schon und klaubd es mier.

Liber Schbezi, jäz mus ich dier aber auch was ernsdes schreim, indem meine Alde geschriem had, das inser Kalb, wo du gekaufd hasd, das abweigen gekrigd hat for du es gewogen hasd, das es um drei bfund leichder war und das had dein Mezger gedan und had iem eingeben. Disse Forkomniese zersterren di greßte Freindschaft. Das musd du dir mergen

fon Deinen liben Freind
Jozef Filser.

An hochwierningen Hern Bfahrer

Emeran Schanderl

in Mingharting,
Bosd daselbst

Hochwiern Her Bfahrer,

Kelobd sei Jessas Kristo in aler ewigeid Am.

Düsses isd ser lange, das ich nichd geschrieen habe, aber indem das die Bolidik rut, hawe ich gedenkt es brauchz nichd, das ich schreiwe.

Den hochwiern Her Bfahrer, mir regirn jäzd gans langsam und es bassird nichts, auser das mir Ferigen machen. Die lezden Ereugnise in inseren Barlamendsleben sind gewäsen zerscht das grose Schingenäsen und dan war die Brobe des Mäupokes und seid derer Zeid rut die Bolidik.

Beträf das Schingenäsen mus ich berichden, das es als ein schänes Ereugnis bedrachded wern Mus, indem mir achd Schingenbroben gekrigt hawen und jeder isd gud gewäsen, aber ich weuß es nichd, der welchene den Breis ferdient, hobwol ich fon jeden zwei Borzionen gegäsen hawe, aber indem ich mit einen ferdig war, had mir der anderne schon geschmeggt, und auf einmal isd keiner mer dagewesen, sonzt häde ich es gewiesenhafd noch einmal brobierd, indem es ser wichdig isd, ob die einheimische Sau mit der breissischen Sau kongurieren kan.

Fieleichd gibt es in Breißen grösserne Säu als bei ins, wofon ich fieleichd ieberzeigt bin, und fieleichd sind Zäu in Breißen fornemer in der Absdammung, awer die gewenliche Bauernsau in Bayern isd gros genug, so das mir sagen kennen, mir hawen fiele Säu und mir hawen grosse Säu in inserm gelibden Faderlande Baiern, und mir haben ins dafon glenzend ieberzeigt.

Hochwiern Her Bfahrer, leuder es war kein Schingen nichd mer da, wie ich es zun driden un lezden mal brobieren gewohld habe und da hawe ich blos mer einen Läberkas gegäsen, wo aber kein Kongurensäsen nicht war, sondern ich hawe ien alein gegäsen zur Regarazion. Zulez sin mir ale gans foll gewesen und mir hawen ins zusamen genohmen das keine Unanstendikeit nichd bassirt isd, weil die Minisder auch forhanden waren, die es fieleichd beleudigd.

Bei mier häte es nichd so fiel gemachd, weil ich weid weg war, aber der Pichler is bei den Eisenbahnminisder gesäsen und had einen kräbsroden Gobf aufgehabd, aber fieleichd isd iem auch nichs bassierd, hobwol es eine Kunzd war, das man es ferhalden hat.

Beträf den zweiden Regirungsakd, so war es der Mäupok, den mir brobieren haben miesen und mir hawen iem inserne barlamendarische Genämigung erdeilt, indem er siffig und sieß isd.

Die Pokwierschdeln waren deligad und der Sämbf war auch sehr erquiggend und die Schdimmung war under ins Barlamendarier ser gehoben.

Das Minisderium war fohlzelig versambeld und isd keine Enschuldigung wengen Infulenza eingelauffen, wi es sonzt der Fahl isd, und sogar die geschtierzden Minisder sind dagewesen und hawen sich an dem Freibier bedeiligd.

Inser gelibder und hochwierninger Bresadent Orderer hat blos fimbf Halbe gedrungen, awer er is doch gans lusdig gewesen und had den Minisder Wäner umarmbt und gekiest. Es war aber nichd wengen Besopfenheid sondern aus Ueberwalung seines kadollischen Gefiels, weil dem Minisder beim Schneizen ein Rosengrantz aus dem Sacktiechl gefahren is und man gesähen hat, das er auch bei den wältlichen Gescheften imer seinen Rosengrantz bei sich mit dabei had. Den Liberahlen sind die Trentschen hinunder gehengt for Ferdrus, wie sie gesähen hawen, das der Orderer schmohlis machd mit den Minisder, aber si haben doch ier Mäu gehalden.

Jäz mus ich ienen schreim, das der Minisderbresadent Bodelwies mit mir angestössen had bei düssem Mäupok.

Auf einmal is der bei mir dagestanden und had gesagd, Her Abgeorneder darf ich mier erlaupen, sagd er. Fon mier aus, habe ich gesagd, und ich habe angestessen.

Sie fertretten den Wallgreis Mingharting, sagd er und ich habe gesagd jawoll.

Sie hawen auch Eisenbanschmärzen had er gesagt und ich sage jawoll, düssen Wehdam hawen wir schon und fieleichd sind Si der Toktor, wo ins kurihren kann. Da had er gelachd und had gesagd, nein er isd nichd der Toktor, sondern der Toktor siezt dort und hat auf den Minisder Frauntorpfer gezeigt. Und dan had er gesagt, es had ien gefreid, das er die ähre gehabd had mit mier zu schprechen und ich habe gesagd, es had leichd sein känen. Und da sind mier aber die Ratieschen hinaufgestössen. Wi meinen si? had der Minisder gefragd. Es kombt fon den Radi hawe ich gesagd und er had gesagd ja so, und griesen Si ier schenes Mingharting, und er is gegangen und had noch eine freundliche Fotzen auf mich gemachd. Hochwiern Här Bfahrer ich hawe es nichd vergäsen, was sie mir imer gesagd hawen, das die Groskobfeden ins blos schmeigeln, wen si was wohlen, und man had es auch deidlich gesähen an den geschtierzden Minisdern, wo ins gar keine Beachdung nichd geschengt haben, sondern si hawen blos gedrunken und gegäsen.

Der Feilitsch had sonzt immer mit ins Abgeorneten geschpenzelt, das mir iem ein gnediges Gehär schengen sohlen, aber düssesmal had er seine Aufwardung nichd gemachd.

Si fräsen ins ale blos aus der Hand, wen sie es braugen und der ausgesuzelde Graff Greilsheim isd an ins forbeigegangen one ein Komblamend. Aber mier lasen dafier die andere Dantzen, wi mir feifen und desweng mus ich ienen schreim, das mir der Radi fieleichd nichd hinaufgestohsen wär, wenn ich nicht gewohld hädde.

Jäz weis ich nichds mer Bolidisches, auser das inser hochwierninger Bresadent Orderer das Säpter und die Grone fon Baiern iebernohmen had wie der Brinsregend nach Wien gefarren isd und das er iem aber das Säpter wider zurickgegem had, wi er wider gekohmen isd. Das der Freilein Bfahrerköchin ier Grobf nichd verget isd sär draurig hobwol si ien mit Hundsschmaltz einreubt. Jäz weis ich aber noch ein Middel. Am Johanidag mus ier bei der Nachd um zwelf Ur ein keischer Jüngling einen Kazendräg auf den Nabl schmirren. Fieleichd isd der Här Bfarrer so gud, und reubt ien fesd ein, aber es darf kein unkeischer Gedange nichd dabei sein, sondern blos der Nabl.

Düsses Middel isd noch schterker und hilfd alen Junkfrauen, was mier hopfenlich annähmen dierfen. Hochwiern Her Bfahrer, ich weus es schon, das der Bezirksamtman in die Oberbfalz fersäzt isd zur Schtrafe fier seine Wiederschpenstigkeit gengen die kristgadollische Geischtlikeit. Da kan er jäz Schmeizler schnubfen, das iem fieleichd das Hirn häller wierd und das er schpannt, was mier fermögen.

Der Kazendräg mus fon einer schneeweisen Kaze sein und griesen sie die Freilein Bfarrerköchin und reuben si ier den Nabl ein und jäz mus ich mein Schreiben beschlüssen.

Ir liber Freind
Jozef Filser
Abgeorneter.

An Hern Klämend Fischer, Schuhlerer

in Mingharding, Bosd daselbst

Liber Her Lerer,

Indem ich ier Biddgesuch an mich erhalden habe, wiel ich es beandworden hobwol inserne Bardei mit den Schuhlerern keine freide nichd hat. Indem si geschwriwen ham, das ich die Nitzlichgeid der Schule bedengen sohl, so brauch ich nichd bedengen, weil ich ales weis.

Ob ich ienen aufbäsern kan, weis ich nichd, weil es blos der Pichler weis und fieleicht last er ienen den Minisder Wäner gnedig sein, wen sich die Schuhlerer beigen und demietig sein wohlen. Den mir kennen keine Schuhlerer nichd braugen, die wo sich zu fiel einbilden und fileicht gar das Mäu aufreisen gengen die Obrikeid.

Indem es mier einer gesagt had, das sie am Balmsonndag beim Lamplwird gesagt hawen, das mier in Baiern keine gebildeden Abgeornete nicht hawen, sondern es sind geschärte Rahmel. Fieleichd ich?

Mein liber Man, bald sie so daher reden und one Reschpekt for ier Barlamend und Regirung, da isd es freilich weid gekohmen mit insernen Schuhlerer und ich bedrachde einen solchenen, der wo seine Regirung fier geschärte Rahmel bedrachded, fier einen schlechden Undertan.

Auch der Schuhlerer mus seine Flicht erfielen, had inser hochwierninger Pichler gesagt, haber es isd keine Flichd das man beim Lamplwirt seine Drekschleider aufreisd.

Was legen sie den fier einen samen in die zarden Kindersehlen? Indem sie ienen sagen, das mir geschärte Rahmel sind.

Fieleichd kennen sie bäser buchstawieren, wi ein Man des Volkes, wo den Mänschen das Brod giebd, haber fon Regirn ferstengen sie einen Dräg, sondern das verstengen mier.

Mein liber Man, bald sie mit solchenen Eiserungen in die Wirdshäuser herumschmeisen, da miesen sie ersd sehen, ob ienen die geschärten Rahmel fieleichd mer Geld bewillingen.

Mein liber Man, das hawe ich ienen schreiwen miessen, weil es mein Härz bedriebd had, das ich ein geschärter Rahmel bin.

Fieleichd klauben sie, es machd nichs, sondern der Minisder isd auch noch da.

Der Minisder isd *nichd* da, sondern wen mier blos feifen, danzt er und der Pichler hat iem gefiffen.

Mein liber Man, da miest ier schulmeisder schaugen, wie mir geschärte Rahmel fieleichd so einen Minisder danzen lasen, den bald er nichd will, heist es gans einfach, er mus einbaken und wird hinausgeschmissen.

Ford damit!

Keinen Wiederspruch gibd es nichd. Der Pichler niemt in beim Gragen und der Daller dritt iem hinden hinein und mier schmeisen iem den Hud nach.

Da gibd es keinen Bardohn. Hinauß damit mit solchene Minisder!

Jawoll!

Das kennen die geschärten Rahmel. Der Minisder weis es schon und deswengen plinzelt er ganz wähmiedig bald er ins wo siecht und er reist einen särfus for die geschärten Rahmel und macht eine sieße Fotzen, auch bald er was saures zum frässen krigt.

Mein liber Man, brobiern sie es und redens mit dem Minisder, wie mir reden; fieleichd fahlen sie über die stiegen hinunder und der Bordiäh mus ienen aufklauben und fieleichd mergen sie, das der Minisder fier ienen ein groser Härr isd, haber fir ins nichd.

Mein liber Man, solchene Leide, die wo einen Minisder blos feifen, die mus ein Schuhlerer keine geschärten Rahmel nichd heisen, sondern mus dengen, das er zu ierem Gefahlen lebt und nichd beim Lamplwird ieren Unwiehlen reizd. Indem sie das Buchstawieren beser känen wie ich, miessen sie fieleichd schon wiesen, was der Bfahrer bredigt, wo es in der heilingen Schrifd heist: Zanke nicht mit einen Gewaldigen, das du iem nichd in die Hände fahlst.

Mein liber Man, das missen sie inen mergen for sie zum Lamplwird gengen oder meinen Kaschpar fimbf Datzen geben fier nichs.

Disses hawe ich ienen geschriewen, weil es war isd, den es hat mir einer gesagd, der wo es gehörd had.

Schimbfe nicht zu laud, es sind Schindeln am Dach! Es griest sie

ier lieber

Jozef Filser
Kgl. Abgeorneter.

An Wollgeborn

hern Josäph Filser,
kenigl Abgeorneder

in Minken
im Barlamend

Mingharding am 17 Juli 1908

Liber Josäph

Fileichd glaubs Du das ich glaub das man eich noch nichd auslasd in der Schtad und ier noch regürn miest, wo du schreibsd, das ier mitn regürn noch nichd ferdig seiz. Du habscheilinger Lugenbeidel Du auskschamder Du glaubs, das ich es glaub? Ich weus es schon das man plos in Winter regürt und aber in Somer nichd, weil ier dan eine gescheide Arbet zun Duhn habds und nichd regürn.

Das Hei isd schon herin und jäz fangen mier schon mit den Kohrn an, haber wo isd der Hauswierd? In der Schtad bei die Mentscher und die liderlingen Freinde.

Wan ich in der fruh aufsteh und in den stahl kombe, fahlt es mier ein, das ich alein bin. Die Edelweis had ein Kalm krigt und mier ham si forher Adär lahsen und die Bläß had nachschtiert. Aber Du bisd nichd bei Deine Fiecher, sondern bei Die, wo regürn.

Zau isd beerig worn, haber Du bisd in der Schtad und laufsd fileicht solchene nach, die wo auch beerig sin.

Wan ich fileicht mit die Minisder zum reden kome, hernach frag ich schon ob das eine Manir isd, das sie nicht allein regürn sondern einen solchenen Deppen dazu braugen?

Ich mus auch alein den Hof regürn und bin haber plos ein Weibsbild und fileichd isd die Arbet mehrer in einen Hof als wi bei die Gschwohlschedel in der Schtad.

Das isd keine Kunsd, wer es kan, das er die Schteuern ferschreibt, wo man zahlen mus, haber das isd eine Kunsd, das man das Gäld ferdint zun Schteier zalen und wen es plos ein Weibsbild alein leisden mus nacher kennen die Gschwohlschedel fileichd fier inen alein auch saudum regürn und braugen keinen Hanswurschden nichd dazu, wo plos daneben schtet und eine dume Fozzen schneit.

Liber Josäph, ich mus es Dier schreim in ahler Libe, den es isd nichd mer zun aushalden, den in der Mentscherkamer ist ale Dag Kirchwei und ieber mir häre ich die halberte Nachd wies mit die knagelden Schtiefel herumschbaziern und wen drobn schon ein Laggel isd, feift herund schon der andere und schteigt auf der Leider. Du weist es nichd, haber ich weis es.

Neiling hab ich den Bfahrer gefragd hobs regürn nichd bald aufhärt, hab ich gsagd und er sagd nein und ich habe gesagd, ob das fileicht auch noch eine Ard und Manir isd, und er hat seine Bledschen hengen lasen und had gesagt libe Filserin sagd er, es isd fier inserne heulinge Rähligon und eier Man mus dafier schtreiden und disse Zeid wird iem der Hiemel belonnen und ich habe gesagd, so und fileichd isd das auch fier die heulinge Räligon das sie mier in der Mentscherkamer den Brederboden durchdretten und inser Haus mit der Unkeischheid befleggen, und er hat gesagd, dafier kan man nicht, indem der Teiffel herumget und suchd wen er ferschlingd, und er had seine Bledschen noch weider hengen lahsen und isd gegangen.

Aber ich ken mich schon aus mit diesse Schprüche und mir wiesen es ahle in Mingharding, das Du iem gesagd hasd, er mus seiner Kechin einen Kazendräg auf den Nabl lägen und da weis man schon.

Die Kechin hat es der Kramerkathl ferzelt ins Ferdrauen und die Kramerkathl had es der Schusdernanni ferzelt und die Schusdernanni had es mir ferzelt.

Liber Josäph, ich mus es Dier schreim mit ahler Libe, das ich nichd weis, was Dich der Bfahrerkechin ierer Nabl anget und zuwegen was du wielst das er mit Kazendräg angeschmirrt wird und fileichd wilst Du dich noch ieberzeignen, obs richdig hingeschmirrd ist. Liber Joseph, ich mus es dir schreien, das du ein Saubärr bisd und ich kan es mir schon dengen, wie Du in der Schtad regürst und fileichd must Du noch mehrernen gschlampeden Kechinen was ferschreim fier iere Näbl. Haber Du braugsd nichd komen, du kanzd fon mir aus regürn, baß nur auf, ich regür auch! Du Haderlumb Du miserablinger!

fon deiner liben
Mari Filserin.

An Wollgeborn

Frau Mari Filser
kenigl. Abgeornetensgahtin

in Mingharding
Bosd daselbst

Libe Mari

Ich mus es dier schreim, das solchene Brife als wie du schreibsd gans unferschemd sind und fileichd bisd Du blos ein Weibsbild, wo thum daherred und die Har lang sind aber der Ferstand isd kurtz und es mus geblabbert sein und geradscht und geschimbft, und alle Weibsbilder sind fon dieser Beschapfenheid, und inser Herrgott hädd auch was gescheuteres duhn kennen als wie mit inserne Ribben solchene Geschäbfe fabritzirn.

Libe Mari, ich mus mit Schmärtz bemergen indem Du solchene Ausdrick hasd, das ich ein Haderlump bin und ein miserablinger.

Libe Mari, düsses wiel ich Dir ferzeien, weil es familär isd und ieberall der Brauch.

Libe Mari haber Du hasd geschrieen das die Minisder keine Hanswurschden nichd braugen und düsses sind mier alle, die wo in der Schtad noch in Schwaise ires Angesüchtes regürn, und da musd du dich fieleichd besienen, ob sich fileichd die Regirungselämende for einer gscherten Moln und schtoknarische Gredl, die wo ire Drägschleider nichd einzeint had, sich auf düsse Weuse beleudingen lasen hoder nichd.

Libe Mari, du musd es nichd klauben, das ich fileichd mir keine Sorgen nichd mache um das Hauswäsen und wan ich in der Fruh aufsteh schauge ich sähnsiechtig hinaus in der Färne wo das Korn waxt und ienser liebe God seinen Sägen datzu gibd, das der Woaz auch waxt.

Libe Mari, ich mus es dir schreim, das ich eine härliche Freide gehabd hawe, das di Edelweis ein Kukalm had und ich hobfe, das ier nichs verseimt habt indem

Zau bärig ist, sondern den Bärn vom Wirth darieber last, wo ich klaube, das er schön schpringd.

Libe Mari, ich mechte auch dabei mit wierken indem ich immer mit düssen Gedangen bescheftigt bin und foller Liehbe, haber leider es isd mir nichd geschtattet, sondern ich mus dem algemeinen Beßten und dem Vaderland düsse Freiden obfern und indem es heußt, wier missen inser Baiernland regürn da fragd kein Mentsch nach insern Brifatwienschen und ob fieleichd Zau bärig isd.

Libe Mari, da isd man kein Hanswurscht nichd wenn man sich fier sein Vaderland obfert sondern man isd eine thume Schneganß, bald man es nichd ferstet und Du kanzt den Minisder schon fragen, ob er einen solchenen Deppen dazu braugen kan und er mus es sagen, das er ohne iem ieberhaupts nichs machen kan, und ich nichd daneben schtehe und blos eine dume Fozen schneite, sondern mier schaffen an.

Libe Mari, indem du schreibsd das in der Mentscherkamer ein solchener Grägori schtadfindet, isd es ser draurig, das die Keischheit ferschwindet und sie machd der Wolllusd Blaz, haber nichd blos in inserner Mentscherkamer sondern iberhaupts in jäder Hitte und in jäden Ballaste, und indem mir desweng inser Eißerstes thun miessen, das mir wieder die heilinge Rähligon in schwung bringen, kennen wier nichd in die liebe Heumat ziehen und bald es uns gelüngt isd es fieleicht auch in Deiner Mentscherkamer nichd mer so wollüstig wie sonzt.

Libe Mari, damid du es siehgst und nichd mer solchene fräche Brife schreim musd, schicke ich dier disses Büld indem es mich darschtellt und meinen Kohlegen den keniglichen Abgeorneten Matias Glasel fon Eirasburg.

Schaugen die Hanswurschten so aus oder die Männer, wo irem Vaderlande Gesäze forschreiben?

Disses Büld schtellt ins dar in einer geheumen Beradung der Lehgisladurbäriode, wo du nichd ferstest und auch nichd braugst.

Was auf dem Dische schteht isd ein Klobus oder Erdbahl und man kan ien umadum drahn.

Darunder befinden sich die Biecher, wo mir schtudiern miessen, das mir die Brojekte der Regirung oboniehren und blädiehren, den disses sind die bedreffenden Ausdrike der barlamendarischen Schprache.

Ale Biecher zusamen heißt man die einschlengige Lideradur und fileichd fragst du insern Hern Bfahrer, ob es so leichd isd, oder ob man nichd seinen Gobf anschtrengen mus das man es beweldingen kan.

Indem der Glasel eine solchene Fozen machd, isd es desweng, weil er ein Refirat machen mus, wo fileicht dreisig ladeinische Werter darin forkomen und das Buch wo ich habe isd der Endwurf fon der Finansbäriode, wo du auch nichd kenst.

Libe Mari, schaugen fileichd so die Hanswurschten aus, wo du schreibsd oder die Mäner, wo iere Zeid in Schtudium ferbringen zum Beßten des Baiernlandes? Fileichd is der Glasel in der nemlingen Lage das iem Zäu bärig wern und er kan sich nichd daran bedeiligen sondern er mus sein Refirat anferdingen.

Libe Mari, indem du schreibsd, was mich der Bfahrerkechin ierer Nabl anget, so isd es fileichd nichd unferschemt, das du mir solchene Unkeischheiden in den Sak schibst, wo es nur die Gefehligkeit isd, das ich ier den Grobf verdreiwen will und ich bin kein Toktor wo sich ieberzeigt, ob der Kazendräg am richtingen Orte isd, sondern mir isd es gleich.

Der wo ihn auf den Nabl legt bin ich nichd, sondern der Bfahrer, und er wird schon wiesen, wie er sich dabei zum ferhalden had, und ich ferschreibe es blos fier den Grobf, wo kein sindiger Gedange hinkomt und auch kein Geschlächtsdeil nicht isd.

Das musd du Dir mergen und nichd solchene schmuzige Worde ieber meinen Läbenswandel haben.

Libe Mari, ich kome nichd, indem noch die Lägisladur nicht ferdig gemachd isd und ich darf die Lägisladur nicht hint lasen, indem ich geschwohren habe. Libe Mari, fileichd wird sie ferdig in Augusd oder in Setämber, das weis kein Mentsch nichd, wan sie ferdig wird. Ich auch nichd.

Desweng bin ich kein Haderlump nichd, sondern ein dreier Regänt des Schtaates, wo sich auf inserne Ausdauer verlast und nichd aufbaßd, ob fileichd daheim ein Weisbild blärrt. Libe Mari, das musd du dir genau mergen, das ich kein Hanswurscht nichd bin und es grießt Dich

Dein
liber Jozef Filser
kenigl. Abgeorneter.

Schauge das dem Wirt sein Saubär gud schbringt haber lase die Bolidik aus dem Schpiele.

An Ekselenz

den Hern Joseph Filser

Lantagabg. im
Pallament

Eier Ekselenz, sieser Schaz!

„Denkst du auch noch der weihevollen Stunden,
Wo uns die Liebe Seligkeit beschert?
Wo unsre Herzen glühend sich gefunden
Und die Begierde alles hat gewährt?"

Sieser Schaz! Dengst du noch an disse Stunden, wo mir ein Rantewuh im Kindlkeler gehabt haben und darnach waren wir beim Toniesel, wo mir uns so herlich amusirt haben, aber sieser Schaz dafor waren wir wo anderst, Du weist es schon, wo insre Hertzen glühend sich gefunden haben, und du hast meine Unschuhld geraupt.

Oh, wie habe ich mich geschträubt for Deinen Ungestiem aber es war fergebens, denn Du warst gans ungestiem und ich glaube, das ich bin honmechtig geworden und aber wie ich erwachde, bin ich nichd mer in Besieze meines kosbarsten, was ein Mätchen hat gewesen sondern Du hast es gestolen, sieser Schaz mit Deinem Ungestiem.

Oh, wie habe ich geweint und gefluhcht ieber meine enschwundene Mätchenbliethe, wo man nur einmal zum fergeben hat und sie war iez fort. Ich habe gedenken miessen an meine Famillje, wo mich ungeratenes Geschäpf ferstoßen mus, weil ich die ganse Famillje beschimbft habe und entärt habe durch dissen leichsinn, der mich in deine Umarmung gefiert had, wo es kein Entrienen nichd mer gibt, sondern es war um mich geschähen.

Meine Mutter wird mich fragen mit gebrochener Schtimme, wo ist er?

Und ich mus fragen wer?

Der wo dir dein Heiligtuhm genohmen had und deine Mätchenbliethe zerschtärt?

Und ich mus sagen, leider er ist ein ferhairadeder Man, der wo mich ieberweltigte und meinen Sinnenrausch beniezt had zu seiner schnellen Luhst. Mein kramgebeigter Vater siezt gans erschäpft auf das Kanabee und ruhft mit holer Schtimme, ich ferfluche Dich, wen du nichd for dem Altare die ferlezte Äre deiner Famillje herstehlst.

Aber was mus ich sagen?

Der wo mich in libestaumel hinweggeraft had, und wo meine Bluhme entbläddert had, disser Schmedderling ist schon ferheiradet. Wehe mier! Mein Kind had keinen Vater nichd!

Sieser Schaz, denn es ist leider bis zun eißersten gekomen, das ich die Frucht der Siende schpüre. In der Nachd wache ich auf und mus weinen, das disse flichtige liebe zu dier einen solchenen schweren Ausgang nimmt, aber ich habe es mir gleich gedenkt und ich bin gleich in Trauer fersunken wie es forbei war, als wenn ich eine Ahnung gehabt habe und Du must es noch wiesen, das ich beim Toniesel nichts mehr geschprochen habe, sondern ich war in mich fersunken.

Eier Ekselenz, sieser Schaz! In diessen quallfollen Stunden rufe ich um Hilfe und du must mier sogleich 800 Mark schiken, das ich nach Amerika farre, wo Niemand meine Abschtammung känt und nichts weis fon meinen ferlohrenen Mätchentraum und fieleicht kan ich in der Ferborgenheid leben und unserm Kind eine entschprechende Erziehung geben und schtudieren lahsen, wen es ein Gnabe wierd.

Sieser Schaz schike es gleich bis zun Middwoch, denn ich mus es haben, weil der Dampfer nach Amerika geht, aber wen du es nichd schikst, mus ich zu Fus gehen bis Mingharding, wo deine Frau ist und ich lege das Kind auf ihre Schwehle des Hauses und bidde sie, das sie fier deinem Kinde sorgt und ich gehe in das Wahser.

Sieser Schaz schike es gleich, aber nichd an meine Adrehse, weil mein Vater mich sonzt erschiest, sondern an die Adrehse fon Xaver Schützinger, Steinträger in Giesing, Entenbachstraße N. 2, weil er mein Küsän isd, der wo ahles weis und ins Fertrauen gezogen ist.

Sieser Schaz, fieleichd meinst Du, ich war eine Barohnin und ferheiraded, aber es war ein Scherz, sondern ich war ein unschuhldiges Mätchen und bin es nichd mehr durch dich.

Sieser Schaz, schike gleich die 800 Mark an diese obige Adrehse, oder ich mus ins Wasser gehen und fier dissen Fall bidde ich dich instendig, das du unsern Kind ein liebefoller Vater bist, und an deine Frau schreibe ich, aber wen du 800 Mark schikst, herst du nichts mer von mier und unserm Kinde, sonder wir farren nach Amerika.

Sieser Schaz, lebe woll; es war doch schön, wen es auch jez so traurig ist.

„Ach, es sind ja nur Sekunden,
Wo man reines Glück genießt!
Aber lange sind die Stunden,
wo man es mit Reue büßt!“

Sieser Schaz, lebe ehwig wohl

fon deiner
gebrochenen Creszentia v. S.

P. S.

Meinen Nahmen brauchst Du nicht wiessen, sonden schike es gleich an Xaver Schützinger!

An Hern Gorbinian Bechler

Bosdhalder in Mingharding
Bosd daselbst

Liber Gorbinian

Disses isd kein Brif wi di andernen Brife wo mier in liederlinger Weuse einander geschriem haben aus leuchdferdigen Schpaße, sondern es isd ernst aus reimietigen Härzn und ich habe es fest forgenohmen das ich Dich bekern muhs wie ich bekert bin durch einen Draum, wo ich dier erzelen wiel.

Indem mier disser auskschamte Hadern geschriem had, das eine Faterschaft ieber mir schwäbt durch die unzichtingen Wiensche wo mier auf der Rähdut wahren durch dich, habe ich disses schröklich bereiht und bin auch in mich gegahngen.

Ich habe erkahnt das ich durch dissen Lebenswahndel in deiner ausgelahsenen Geselschafd ein unreunes Gefäs der Siende bin und bin in der Jozefschbitalkirche gewessen wo ich meinem Härzen durch Seifzen und Weunen Lufd gemachd hawe und meinen Nahmensbadron eine zähnpfindige Kirzen fersbrochen hawe, bald er mier fon dissem Schlamahssel hilfd das ich den schlambeten Mentsch nichs zu zallen brauge.

Da isd es mier gleich gewessen als wi wen der heilinge Jozef geplinselt hat mit das linge Aug und in der Nachd for dem Schlaffe habe ich mein Fersprechen widerhohlt und hernach bin ich geschlaffen. Haber auf einmahl bin ich aufgewahchd indem ich fon einen helen Glantse umflohsen wahr und der heulinge Jozef isd for mier geschtanden und had dreimahl gesagd wache auff mein Son Jozef. Was wüllst Du hawe ich gefragd. Gelibtester, du hasd mier eine zähnpfindinge Kirzen gelobd, sagd er, und fier disses wird die Begürlichkeit deines Fleusches ferzien had er gesagd, haber Du bisd ferfiert worden Gelibtester sagd er, und deinen Freind Gorbinianus kan ich nichd helfen had er gesagd. Da hawe ich bidderlich geweunt, das Du ferlohren bisd und der heulinge Jozef sagd, fier Deine Drauer wohlen wier ihm ferzeien, sagd er, bald er seine Wolllusd bereiht und ahles bezalt, sagd er, den du derfst es nichd zalen, weil du bei inserner heulingen kristgadollischen Zentrumsbardei bisd sagd er und er had wider gans freundlich geplinselt und is durch die Decken gefarren und mein Zihmmer had noch in der Fruh ganz schtark gerohchen.

Liber Gorbini durch disses isd mir leuchder geworden und ich mus es dir middeilen, das mier nach dem Willen des heulingen Josef handeln und du ahles zalst und durch eine bidderliche Reihe Deine Sehle fon disser Todsinde befreust. Liber Gorbini, lahse es dich nichd ferdriesen, das es so fil Geld isd indem du der schuldinge Ferfierer bisd und was isd ales Geld, bald deine unschterblinge Seele ferlohren isd?

Ich hawe zuersd gemeunt ich wiel auch die helfde zallen haber durch disse Worte des heulingen Jozef isd es mier klahr geworden, das ich nichd derf, den bald ich aufkohme isd es ein bolidischer Schkandall und bald du aufkomst isd es blos brifat.

Liber Gorbini Du must nichd klauben, das ich dier einen Pliemelplahmel formache, sondern es isd ein merkwirdinges Ereignis, und komt aber oft for das die Heulingen den Mentschen erscheunen bald man ienen eine Waxkirzen oder sonzt was ferspriecht.

Gelibtester Du must es bereihen und zalen das du Barmhärzikeit findest und ich hawe es meinen Nahmensbadron fersprochen, das ich nichd auslahse bis Du zalst, und bald Du nichd wielst sag ichs Deiner Alden, das sie fier dich zalt und Deine Sehle geräthet wird, haber fileichd fozt dich deine Alde umeinand und du hasd noch einen ierdischen Ferdrus.

Liber Gorbini, Du must dengen, das es zur Abtödung deiner fleuschlichen Lieste isd und das ich auch abtöded worden bin, wo mich die Schlahwiener so hergeschlahgen ham und zwei Schtokzehn verlohren, das ich nichd mer gescheidt beussen kan, und jez must du in Deinen Geldbeidel hineinglangen und zaln. O wi leichd isd es bald man sich plos mit Geld befreihen kan fon dissen Sehlenkwahlen und Du kanzt Dier ja forstehlen, das dier filleichd eine Ku ferekt isd, wo auch so fiel kost. O warum sind mier auf eine Rädut gangen! O wie bereihe ich es, das ich den heulingen Jozef so beleudinget hawe durch dissen Wahndel mit dem Schlamben, wo jez schreibt, das mier zwei iere Mätchenbliethe zerschtärt hawen. O wi gern wiel ich Bäserung gelohben und bald wider ein Freind kohmt, das ich mit iem herum lumbe ruhfe ich zu meinen Schuzbadron das er mir nichd zum erscheunen brauchd und fier mich so fiel arbeid had. Liber Gorbini mier wohlen beten und bereihen und du must zaln, das auch der heulinge Gorbinian mit dier eine Freide had wie der heulinge Jozef mit mier eine Freide had und ins bewart for solchene unferschembte Schlamben. Disser Brif isd nichd wie ein anderer Brif und plos ein Schpaß sondern ich bin auf dem wäge der Buhse und wiel jeden Dag beten, das Du auch so erleichtert wierst und besiene Dich nichd sondern zal mit Freiden.

Kelobd sei mein Nahmensbadron der wo dir auch helfen wiel balst Du zalst und in ewikeit Amen

fon deinen liben Freind
Jozef Filser.

An Hern Jozef Filser
in Minken

Mein Liber

Deinen frächen und unferschembten Brif habe ich erhalden und ist es eine Erbressung, wo ein anderner Lumb dafier eingeschbert wird haber die grosen Schpizbuben kan man leuder nicht hengen, sonzt werst Du kein Abgeorneter nicht mer.

Mein Liber, Du hasd geschriem, Du schreibst es meiner Alden fon dem Schlamben wo du bis in der fruh damid herum bisd und in Gesälschaft von ierene Schtrizi, wo du hinbasst indem Du selwer ein solchener bisd und wo sie dich Gozeidank hergeschlahgen ham, indem mich disses mit Freide erfielt. Den so einen mus man herschlahgen als wie dich und fileichd erwiesche ich eine bassende Gelehgenheid und lase Dich herum mit einen Oxenfisel das dier die Lumberei fileichd ferget, so lase ich dich herum du hunzheitener Batsi. Der Oxenfisel isd schon hergerichd und du brauxt blos kohmen und huiaxdax lase ich Dich schpringen, das Du es mirkst fier was du erbressen wielst. Geh nur här und sag es meiner Alden geh nur här zwengen meinen Sehlenheul haber bass auf wi ich fieleichd Deine Sehle so abscheilig herschlahge das sie kein Häftbflaster nichd mer zusahmenhebt. Geh nur här Du scheinheulinger Bauerndahdah und schauge dier aber zuerscht meinen Oxenfisel an wo du mit iem Bekantschafd maxt das du umadum plau bist. Solchene Abgeornete mag ich gärn die wo in der Schtad die bludigen Kreizer des Folkes ferbuzen und nichd genuhg si erbressen noch bei den Gewerbsleiten.

Indem du schreibs, das du einen Draum gehabd hasd must du nichd klauben, das du mich machen kanzt und ich fieleichd Reschpekt habe for einen solchen heulingen Schuzbadron der wo sich dazu hergibd, das er Dier erscheunt und bald er wider kombt bei der Nachd kanzt iem einen Grus fon mier ausriechden und er weuß schon. Das mus ein drauringer Schuzbadron sein der wo keinen andern Ferkehr nichd had wie mit Dier und solche Lumbereien einblahst das ich 800 March zaln mus. Du must iem bidden das er mier erscheunt und ich gib iem keine Waxkirzen aber hinder der Beddschtatt ligt der Oxenfisel das mier ein Wertlein schprechen. Las ien plos erscheunen bei mier und er kan schon herein beim Fensder haber ob er als ein gantser hinaus kombt wohlen wier schon sehgn. Fieleichd bereiht er disses das er zu mier erscheunt und 800 March wiel und einen frächen geschärten abdrahten Rahmel zu solchene Lumbereien hielft. Ich ziend iem schon ein Lichd auf haber keine Waxkirzen nichd. Had er gesagd, das er deinen Freind Gorbinianus leuder nichd hälfen kan und Dein Gorbinianus mus zaln? Der Gorbinianus zalt einen Dräg saxt du iem und ferdient sein Gäld auf ehrlinge Weuse und schtapazierd keinen Schuzbadron nichd, das er mit einen frächen Draum anderne Leite erbresst und bald er mit seiner Wollust hinein fahlt, zallt er ahles selwer. Und du must iem sagen das es keinen Freind Gorbinianus ieberhaupts nichd mer gibt sontern es isd ausgeschpezelt und brauxt nichd zu weunen fier mein Sehlenheul und fier Disses kan ich mir schon selwer einen Schuzbadron zaln aber einen richdigen und anschtendigen der wo fiel zu gud isd das er in Deinen Sauschtall erscheunt und sich fon keinem Haderlumben keine Waxkirzen zaln last. Das must du iem ausriechden bald du wider einen Draum hast und dräume sieß Du hunzheitener Batsi wie man die Leite erbresst und lase ien bei mier erscheunen und ich erscheune iem auch mit einen Oxenfisel.

Mein Liber indem Du schreibs, Du must es meiner Alden sagen, das meine Sehle gerättet wird, und ich einen irdischen Ferdrus krige da hör ich dich schon gehen.

Fieleichd wiel ich auch ein übringes duhn und deine Sehle fier den Hiemel rätten bald sie im Baradies eine solchene Saublahdern ieberhaupts möhgen und nichd ahle Aerzengl schiageln und krank werden bald sie Dich herumfliehgen sehgen. Aber fileichd brobier ich es das mier deine schelche Sehle rätten und sag es deiner Alden mit was fier einen Schlidden Du schbazieren farst in der Schtadt und fieleichd had sie auch einen Draum und das ier eine Schuzbadronin ferraten kan mit was fier einen Schteken si dich herschlahgen mus, das di Begerlichkeit des Fleusches unterdrikt ist. Und ich sag es ieberall was mir in inserm Wallgreis fier einen härlichen Fertreter hawen, der wo ins so härlich fertritt bald er seine Reische ausgeschlapfen had und seine Fotzen nichd geschwohlen ist fon die Maulschälen wo iem seine libreuche Braud hinhaud oder ier Schtrizzi.

Mein Liber Du must nichd bidderlich weunen ieber mir, weil du ein solchenes Mitleid hast auf meine Wolllusd und Du must nicht seifzen wegen meiner, den ich bin nichd so thum, das ich deine Schlamben auszal und plos klaube es isd eine Kuh ferekt, sontern es ferekt keine Kuh und ich behalde mein Geld.

Warte noch ein pissel bis das du in der Heumath kombst und Du kanzt seifzen ieber Dir bald deine Alde Dir eine solchene Watschensupen aufkochd und ich schmallze Dirs mit meinen Oxenfisel das es gewies reucht. Warthe noch ieber eine kleine Weule krixt Du 800 March und fier Deinen Schuzbadron auch was, weil er mier so gefahlt und kohme bald liber Jozef in das kleine Ziemer neben der Schenke, wo ich ahles beisahmen habe in einer Schuhblade was du brauxt. Dort wiel ich dich hinfieren mein sießer Jozef bald Du kombst und die Thiere zuschperren das mier gans ungeschtert sind und mit einander Reih und Leid machen und Dein Schutzbadron derf zuschaugen was ich aus der Schuhblade ziehe und es ist aber keine Waxkirzen mein Gelibtester und auch keine Bangenoten mein Gelibtester, sontern es ist was geweichtes, das Dein Schuzbadron mit Freiden plinseln kan und es ist lang eingeweicht im Wahser mein Gelibtester, das es bäser schmärzt bald ich Dich damit herumlase in dissem kleinen Ziemer und du must Kahrusel farren so schnell lase ich Dich herum Gelibtester.

Kohme doch bald mein sießer Jozef der wo jez so heulig geworden ist, das die Schuzbadrön in sein Schlafgemach aus und ein fligen wie die Schwalberln und seinen Geldbeidel beschitzen indem das sie ehrlinge Gescheftsleute um 800 March brellen und erbressen wohlen.

Kohme bald und grieße einsweulen Deinen Schlidden fon mier, der wo aber nicht so thum ist und zalt. Und bald du mier einen irdischen Ferdrus machen wielst bei meiner Alden hernach schauge nur das du deine unschterbliche Sehle in ein guseisernes Schileh schtekst, weil sie sonzt zu schnel hinauf farrt zu den heulingen Schuzbadron wo Dich so freundlich anplinselt. Das must Du dir mergen

fon deinem liben
Gorbinian Bechler
Bosdhalder.

An hochwiern hern Bfahrer

Emeran Schanderl

in Mingharting
Bosd daselbs

Hochwierniger Her Bfahrer

Kelobt sei Jessas Kristo in aler ewikeit Am.

Disses ist geschrieen unterm Beichdsigl. Ein gewieser Man in Minchen ist gefahlen in Fersuchung durch Umgang mit einen schlechden Mentschen wo mit einen eingewurtselten Lahster behafded isd und durch die Gwalen der Fleuscheslusd wo iem durch einen unkeischen Anbliek enstanden sind.

Der schlechde Mentsch hat den gewiesen Man durch einen Brif ferleidet das sie hirauf zu einer Rähdute gangen sind, wo die gefahlenen Weipsbilder durch unbedäktes Fleusch zur Siende ferlokten.

Indem aber disser Man bis zu disser Stund einen herforagenden lebenswahndel sich befleußiget had und keine Anwahndlung durhauß nichd begieng sontern in einen guden Geruch befündlich gewäsen ist, das iem auch die hochwierninge Geischlichkeit ins Fertrauen gehabt had.

Haber der schlechde Mentsch had es gewießt das er in einem niechdernen Zuschtand keine Fähldridde nichd beget und in die Siende hineinfahlt so das er Schambaninger had kohmen lasen und disser brafe und gerächte Man had es drinken gemust bis er seinen Geischt ferlohr. Indem er sich aber in disser Bewustlosikeit befündlich war had er fieleichd in Worden und Wergen gesiendigt haber nichd so schtark indem er ja so sär bedrunken wahr das es nichd auf das schlimbste gekohmen ist und keine Totsiende nichd forfiel, sondern unkeische Redensahrten.

Es begahb sich aber das der gerächte Man for lauter Bewustlosikeit in ein kleunes Wierzhaus geried zum Genuse der Weiswierschte wo er nichds dabei gedenkt had sondern er as disselben.

Er wurde jetoch in einer auffahlenden Weuse belährt das er sich gengen die Gebohte der fröhmikeit und des kristlichen Wahndels in eine habscheilinge Gelehgenheid begäben hatte, indem er bläzlich eine Anzall Wadschen empfing und auch schluhg iem disses ferlohrene Weipsbild einen Sembfhafen ins Andliez und auch fohzten ien die Spißgesählen auf eine gans unerlaupte Manir das der gerächte Man blüten muste auch zwei Zehne ferlohr. Durch disses ist der Man schmärzlich bedriebt und isd gefordert fon Gewiesensengsten in seiner unschterblichen Sehle und had gelohbt zum wahlfarren nach Aldenöding und schtiftet auch hundert March fier die Kürche in Mingharding bald ahles sich gud hinausget.

Fieleicht kombt es for, das die Frau des gerächten Manes durch den schlechden Mentschen in Erfarung disses gesäzt wird und ein ahlgemeines Ungliek sich begiebt, das der Früde zerschterrt ist, indem di Frau durch ier leichdgleibiges Geschlächt bewohgen wierd und klaubt, das eine Totsiende forgefahlen ist und nichd klaubt, das der gerächte Man so sär bedrunken sich befunden had. Der gerächte Man bittet um den Schuz der Kürche gengen die weldlichen Nachdeile seines Begäbnisses, indem der hochwierninge här Bfarrer der gewiesen Frau sagd, das ahles ferleimdung isd durch die erfiendung eines schlechden Mentschen. Fier dissen Fahl schtiftet der gewiese Man hundert March fier einen guden Zwäk, wo der her Bfahrer selbst ien beschtiemt nach seinen Ermässen und auch schtiftet er fier die leublichen Bedierfnisse des hochwiernigen Härn zwei junge Anten und eine fedde Gans auf Mardini und last sich herbei das er auch eine flaschen Zweschgenschnabs aufwixt. Indem aber die gewiese Frau nichds in Kenntnis bekohmen darf, bald sie es nichd schon weis, mus der hochwiernige Her ieberaus forsichtig sein und nichd fieleicht schon forher reden sontern er mus es an dem Benähmen der gewiesen Frau mergen hob sie es weis.

Fieleichd get der hochwiernige Her efters zu jenem Haus und fragt wie get es meinem gelibten Son, der wo in der Schtadt fier uns arbeided und bald sie was weis schimbft sie schon und dan ist es Zeid, das ien die Kürche schiezt. Der gerächte Man hat beschlohsen, das er seinem geischlingen Oberhaubt die hundert March auch schtiftet und die Gans und Anten und Zweschgenschnabs, bald ieberhaupt der gewiesen Frau durch die Gunzt der Heuligen nichts bekannt wierd.

Ich mus es noch schreim das der schlechde Mentsch ein gewieser Bosdhalder ist wo auch ieber den hochwiernigen hern Bfahrer ruchlohse Geschichden ferbreidet und ieber die Schuzbadron schimbft und sie bedrot. Das mus man wiesen for man iem ferdraut.

Disses hawe ich jez fohlendet underm Beichsigl, und klauben sie nichd, das der Man das bedreffende fieleichd nicht schtiftet, sontern er schtiftet es schon. Disses beschtetigt ier

liber Jozef Filser
kenigl. Abgeorneter.

An den hochwierningen
Gabidlforsdand

Dobias Angerer

in Zillhofen
Bosd Mingharting

Hochwiern her geischlinger Rad

Kelobt sei Jessas Kristo in aler ewikeid Am. Kum schbiridu duoh Am.

Indem das sie geschrieen ham das ich zum bresadent Orderer mich begäben mus und zum Minisder Wehner bin ich zuerscht zum Orderer mich begäben, der wo aber jez fier einen Bardeibruder kein härz nichd mer had sondern er ist ganz geschwohlen, indem er ins Minisderi hinein kohmt. Wo ich zu iem hinein bin had er eine habscheilinge Fozen gemacht und had durch seine Briehle mich angeschaugt das ich mir gedengt habe auwäh. Er had gesagd was wohlen den si schon widder? Ich wiel nichz hawe ich gesagt sondern der hochwierninge Her Degahn Angerer wiel was sag ich, in dem das si ein Schulschbezl zu iem sind und er had einen Schuhllerer wo gengen die briesderliche Wierde sich fergangen ist und auch die Bfahrerkechin ein schlechdes Mentsch und eine Karnalli geheußen had und mus hinwäg fon Zilhofen, wo jez das Familenläben im Bfarhof zerschteret is indem die Kechin und der hochwierninge her geischling Rad iere gewonheiden nichd mer ferrichden kenen, bald sie eine Karnalli fier einen Schuhlerer abgeben mus, weil die Schuhlererin einen gälben Fogel auf ierem Hud had wo gewies zwanzig March kost und die freilein Bfahrerkechin gesagt had das fier eine so eine ferhungerte Schuhlererin fieleicht ein Schbaz auch genug isd auf dem Hud und braugt keine gälben Föhgel nichd sontern sohl ier Mätchen was zum äsen geben und deswengen heußt si der Schuhlerer eine Karnalli das si den gansen Dag rohzen mus und kan iere Bflichd und Schuldikeid nichd mer ferichden mit dem geischlingen Hern Rad.

Der Bresadent Orderer hat mich gans fuxdeifelswield angeschaugt indem ich disse Erzelung gemachd habe und er ziegt seine Läfzen hinauf das ich geklaubt hawe er wiel mich beußen und hat gefragt hob ien die Föhgel was angengen wo auf die Hüde sich befiendlich sind und hob es ein Schbaz ist oder nichd. Haber ich hawe gesagt, das seinem Schulschbezl seine Kechin keine Karnalli nichd ist und er mus es beschtetigen und durch seine Freindschaft zu ienen mus er den Schuhlerer fersezen.

Da had er gebrillt, das ich sohl hinausgehen aus seinen Ziemer und nichd mer kohmen, indem das er keine Zeid had fier solchenen Dratsch und hob fieleichd die Siezungen noch lenger dauern missen indem das Barlament sich bescheftingen mus mit der Schuhlererin ieren gälben Fogel und er had ieberhaupts keine Schbezl nichd.

Hochwiern her Degahn ich mus es leuder schreim, das der Orderer ein schlechder Freind zu ienen ist und er get plos mer mit die Großkobfeten wo er selbs bald einer ist. Er had mich hinaus geschmissen und ich bin aus seinen Augen ferschwunden.

Aber forgestern da bin ich zum Minisder Wähner hingegangen und ich mus es ienen mit freide beriechten das mir den Schuhlerer eine Suppen eingebrokt hawen, wo er nichd so geschwiend ausgelöfelt und sie mus ieren gälben Fohgel wo anderst fligen lahsen.

Forgestern da bin ich ins Minisderi hinein und ein Bordiäh war herunt und ich hawe gesagt er sohl mich zum Wähner Toni hinfiehren. Er had gesagt, er derf nichd sontern ich mus in ein Ziemer for seinem Ziemer und warten bis der Minisder mich mag. Da bin ich hinein und ein wambeter Mentsch hat mich gefragt was ich fileichd wiel. Ich wiel zun Wähner Toni hawe ich gesagt, indem ich keniglicher Abgeorneter bin und ein Schtazgeheimnis besieze wo ploß der Minisder hören darf. Da had er ein Komblimend gemachd und hat mich zun Minisder gefiert, der wo gleich auf mich hergangen ist und hat freundlich gelechelt und gesagt mein liber Her Filser das ist schen fon ienen, das sie mir die Ähre erweißen. Mier haben ins auf dem Kanabä gesezt und ich hawe es iem erzehlt, das der Schuhlerer so fräch ist und heußt die freilein Kechin eine Karnalli, indem sie der Schuhlererin ieren gälben Fohgel nicht leiden kan.

Der Minisder ist gans draurig gewohrden und hat seinen Kopf geschittelt. Ich mus es beschtettigen, das er ein heflicher Mentsch ist und er siecht aus in der Nehe wie der alte Laubheimer, wo als Gieterhandler zu ins kohmt und seine Nahsen ist so lang das er mit der Zunge darauf schleggen kahn bald sie ien beußt.

Er hat den Kobf geschittelt und hat geseifzt und wie ich ferdig wahr hat er gesagt sie klauben nichd sagt er Her Abgeorneter, was ich mit disse Schuhlerer fier eine Arbeit hawe indem si die geischlinge Obrikeid reizen und jäden Tag mus ich solchene Erfahrrungen machen, das sie wiederschbenstig sich benämen.

Ich hawe gesagt zu was braugen die Schuhlererinen fieleichd gälbe Fögel auf die Hüde?

Er had gesagd disses ist ser bezeuchnend fier dissen wiederschbenstigen Schtand, indem die Schuhlererinen große Fögel auf dem Hud haben und die Schuhlerer haben große Fögel im Kobf und man mus sie bendigen indem sonzt der ungesezliche Geischt ieber die Schuhle kohmt.

Sie missen iem fersezen hawe ich gesagt den die Kechin ist gans draurig und get nichd mer in der Kürche weil der Schuhlerer auf der Orgl siezt und zu ier hinunder zahnt und die Schuhlererin niemt den gälben Fohgel in das Goteshaus wo doch dem hern geischlingen Rad gehert.

Da had mier der Minisder die hand darauf geben das er iem fersetzt weil er ein Eksembel schtatieren wiel hat er gesagt und er reist die grosen Föhgel iere Fädern aus, wo sie haben inwändig und auswendig und er had gesagt, er wiel inserer heutigen Kürche zum Siehg helfen, wo er plos kahn und dissesmal gegen den gälben Fohgel. Da hawe ich gesagt das ich mit iem zufriden bin und hawe iem schnubfen lahsen hobwohl fier seine Nahsen ein bfund auf einmahl nichd fiel ist und er braugt eine ganse Lieterflaschen fohl Schmeizler bald er schnubfen thete, haber er schnubft nichd, weil er sonzt schtatt ein Saktuch eine grose Bettziehgen im Sak haben mus.

Hochwiern her geischlinger Rad disses hawe ich fohlbracht mit freiden und der Freilein Kechin einen schenen Grus und sie braugt nicht mer zum weinen und sohl ier Familenläben wider ferichten. Hobfendlich dürfen mier jez bald heum indem mier das Barlament beschlüssen, und es griest ienen

ier lieber Jozef Filser.

An hern
Schtazionskommadand

Lorenz Schmelzer

in Mingharting
Bosd Daselbs

Beträf ieren Schreiben fon Aufbäserung hawe ich ienen aufbäsert und mier haben beschlohsen disse Obfer zu bringen indem mir jez erkehnen das der Beahmte auch ein Mentsch ist und eine wahrme Subben haben mus.

Mein liber Man, das ist ein groses Obfer das wo mir briengen und ier mießt dankbahr sein und nicht jäden Oegonohm aufschreim bald er one Laderne farrt, den zahlen thud wäh und ier seiz auch freidig bewägt das mier eich aufbäsern und mießt nichd den Oegonohm um sein Geld briengen wo er in Schwaise seines Angesiechz ferdint.

Mein liber Man, bald der Oegonohm ins Wierzhaus get weil er gans erschepft ist fon Arbeiten und fieleicht drinkt und laud dischbadirt und fileicht mit die Fienger bfeift und fileicht ein unferschembter Mentsch ien schimbpft und er auch schimbpft und sich keine Fotzen nichd geben lahst, sontern in der notwär hinhaud mus di Schantarmeri nicht gleich ien aufschreim. Weil der Oegonohm den Schantarm aufbäsert und den Beziergsamdman und den Ambsrichder. Bald der Oegonohm luschtig ist im Wierzhaus heußt es gleich di Sau ist besobfen aber bald die Hern Beahmten brillen im Wierzhaus, da heußt es plos die Hern sind ein pißchen angeheiderd. Aber das ist iezt forbei, das die Beahmten mehr sind als der Oegonohm und das sie ien schiganüren. Mein liber Man, das ist gans forbei. Jez schiganüren mier und die beahmten missen demiedig warten hob mier fieleicht ins herablahsen das mier ienen aufbäsern.

Der geschwohlene Beziergsamdman schreibt einen Brif, das er gar schen bitt, das mier sohlen es doch bedengen, das er fimbf Kiender had, wo schtudirn missen und der groskobfede Ambsrichder macht eine Bedizion, das mier ins sohlen derbarmen ieber seine zallreiche Familli.

Jez heußt es nichd mer, das die Saubaurn missen eingeschbärt werden und mier sind nichd mer die grachläderne Henglender und Biffel, wo nichz hineinget in iere fireketen Köbf, sontern man mus fro sein bald was herausget aus inserm Sak und sontern mier sind die waisen Fertretter des Folkes, wo in ierer erhahbenen Einsichd die Nodlage der beahmten fieleicht erkehnen. Jez ist es forbei, das der Ambsrichder sein Mauhl aufreist zum Schimbfen sontern er reist sein Mauhl auf, das mier iem was hineinschteken und er was zum beußen hat.

Den der Oegonohm mus den Minisder aufbäsern und den Gäneral und nichd plos einen draurigen Asesser oder gahr einen Schtazionskomadand.

Ein solchener Man, der wo disses fohlbringt, ist keine besobfene Sau, sontern er ist der Wollteter fier ahle beahmten und mus man ien nichd schtehren in seinem Fergnigen, wo er im Wierzhaus hat.

Bald ein solchener Mahn fieleichd wider im Schtrassengrahm hinunderfahlt, mus ien der bedrefende Schantarm nichd beleidigen sontern mus dengen, hir ligt mein Wollteter, wo mich aufbäsert had und mus ien libreich heimfieren und bald er nichd mer aufrächd schtehen kahn mus er ien schtitzen oder an seine Haustiere hinlänen, das er nichd umfahlt.

Mier haben ins lang besohnen, hob mier die Beamten aufbäsern sohlen, indem so fiele Unverschembtheiten sich begäben gengen den ährwierdigen

Bauernschtand, aber mier hawen eich aufbäsert indem es in der Rähligion heußt, das man seine Feinde liben mus und Gutes erweißen die wo ins hasen.

Mein liber Mahn fier dissesmahl sind mier noch barmhärtsig gewest, haber iez miesst ier nichd plos dengen das sich eier Lohn bäsert, sontern das eier benämen sich bäsert und das ier fohl Dank seiz gengen den Oegonohm und nichd die gantse Wochen herumget, wo ier was zum Anseigen fienden kent und auf eine Geriechzferhandlung lahden, wo der Ambsriechder brillt.

Mein liber Mahn jez ist ausgebrillt, indem ier ein schenes Drinkgeld habts und der Ambsrichder auch und missen ahle heflich sein und freundlich zu dem barmhärtsigen Oegonohm, wo ein Drinkgeld hergiebt.

Fier disses warne ich eich ahle, das es sich jäder mergen sohl und auch der Beziergsambman

als eier
Wollteter
Jozef Filser.

An hern

Gorbinian Bechler, Bosdhalder

in Mingharting
Bosd Daselbs

liber Freind

Indem ich gestern zur Fohlendung fon meiner barlamendarrischen Anwäsenheit in München noch beicht hab bei di Kabutsiner mus ich dier ahles verzeihgen wo du mier gethan hasd in Worden, Wergen und fräche brife.

Indem der hochwierninge Kabutsiner disses gesagt hat, das ich es dier ferzeihgen mus.

liber Freind, du must nichd klauben das ich noch der alde Mentsch bin, sontern ich bin ein neier Mentsch und bald du wider nach Minchen kohmst, da gehen mier nichd mer auf die Rähdut sontern mier gengen briederlich zusahmen zu die Kabutsiner und lahsen inserne Sählen auswaschen und reunigen und buzen, den du must es klauben, mier braugen schon einen schtarken Kabutsiner bis das mier ausbuzt sind.

Disses hawe ich jez erkahnt. Liber Freind ich mus es dier beriechden, das disser heulige Badder Zirilus mich ausbeidelt had, das keine Siende nichd mer blaz gehabd had bei mir sontern siend ahle herausgefahlen und ist es jez ganz lär. Er is zuerscht gans schtill dagesiezt und hawe ien plos schnaubfen hören bald er geschnubft had, haber auf einmahl hat er angefahngen mit seinen grosen Barth zum waggeln und mit die Augn zum Kuhgeln das ich gemergt hawe jez bakt er den Deifel an und fozzt ien aber anderst her das ihm die Lufd ausget und fieleicht bleggt er seine hellischen zene und wiel nicht ford, haber der Kabutsiner kehnt keinen Schpas nichd und fozzt ien umeinand in beichdschtul das er wimbseld, und der badder Zirilus hat geschwiezd for lauder Arbeid und auf einmahl had es habscheiling gerohchen und fieleicht wahr es der Deifel und ist fort.

Der badder Zirilus hat geseifzd und ist iem leuchter wohrden und ich hawe gefragt hochwiern her badder zuwägen was miessen sie ienen so blahgen und er war gans zohrnig und had gesagd, das mein Deifel, der wo bei mier loschierd gewesen ist ein biesiger Bauerndeifel wahr wo immer nach iem geschnabbt had und geknuhrt und had iem missen auf die Schnautsen schlahgen und obachd gäben, das er nicht beußt haber jez ist er heraussen.

Der badder Zirilus had gesagd was ich fieleichd klaube, wie schwär es ofd ist bald man einem Menschen plos einen Zan ziegt wo fest schtekt und grose Wurtseln had, und der Deifel had fiel schtärkerne Wurtseln und ist tifer einwändig und schpreizt sich ein, bis man ien herausziegt aus der bauernsähle und derf man kein Augnpliek loslahsen sonzt rudscht er wider hinunder in die Bauernsähle. Haber jez ist er heraussen und der badder mus schnaubfen for er zum buzen anfahngt, das der ganse Dräg weg kohmt wo der Deifel hinderlahsen had.

Liber Freind jez hat der Badder Zirilus in die hende geschbiben indem er jez den geischlingen Schubkahren niemt, das er den grosen Misthauffen der Siende hinausfarrt aus der Bauernsähle.

Liber Freind, ich mus es dir beriechden, das ich iem ahles gesagd hawe und auch deinen Brif hawe ich iem gesagt. Liber Freind da had awer sein Barth gedanzt, wie ich iem gesagt hawe, das du mit einen Oxenfisel die Schuzbadrön herum lahsen wielst.

Er had gesagt was fier ein Deifel mus bei dissem Mentschen loschürn. Da braugen mier ja einen Kaiblstriek das mier dissen Deifel herausziegen und er had gesagd, ich sohl meinen Freind herbriengen, und er niemt noch zwei Kabutsiner, das sie zusahmen disse schwäre Arbeid ferrichden und ein Kabutsiner mus dier den Kobf halden und die andern zwei ziehgen, sonzt get disser Deifel nichd heraus.

Mein liber Gorbinian du derfst es nichd ferseimen, indem es mier der Badder Zirilus genau beschriem had das dein Deifel zulezd das Fuhderal zerschbrengt, wo deine Sähle ist und bald einmahl das Fuhderal kabud ist kahn man es nichd mer buzen. Du derfst nichd mehr zohrnig sein und keine schlechden Reden nichd fieren, indem disses dem Deifel sein Fudder ist, wo du iem zu fressen giebst, sontern du must jez ganz sanbftmiedig sein, bald ich zu dier kohme und lahse auch deinen Oxenfisel in der Schuhbladen.

Liber Freind ich bin jez auch gans sanbftmiedig, indem meine Sähle ausbuzt ist und kein Dräg nichd mer darin und ich fezeihge dier ahles und auch deinen frächen und unferschembten Brif, haber lahse deinen Oxenfisel in der Schublade darin. Ich wiel Deiner Alden nichz sahgen, indem jetz disse wolllistige Begäbenheid forbei ist und disses Weibsbild hat ein Afikat kadollisch gemachd und ier gesagd, bald sie plos mit die Augn plinselt, Mus sie wegen Erbresung inz Zuchdhaus. Jez lahst sie mier meine Ru und du brauxt keine Anxt nicht mer zum haben for die ierdischen Ferlegenheiden und wegen den hiemlischen Ferdrus brauxt du plos einen Kabutsiner, wo dich ausbuzt. Indem du mier deine Freindschaft kündigt hast mus ich bemergen, das ich zwei Kaibln zum ferkaufen hawe und der Lamblwierth mechte sie gern kauffen, haber fieleichd maxt Du kein Brofid machen fon deinen Feind und ich geb die Kaibln dem Lamblwierth? Aber bald Du klaubst das mier sich wider gud sind krixt Du die Kaibln.

Indem ich jez ganz sanbftmietig bin und ich nichd wiel, das Deine Alde was schbannt, indem die Weibsbilder es gleich in die Nahsen krigen.

Fieleichd bist du auch fohler Reie ieber Deinen frächen und unferschembten Brif und mir sind wider Schbezeln, indem ich bald heimkohme.

Es grüßt Dich

Dein liber

Jozef Filser.

An Mari Filserin Ögonohmsgathin

in Mingharting
Bosd daselbs

Libe Mari

Moring kohme ich heum und bin deswengen ser fro, indem heunte die barlamendarrische Säsion geschlohsen ist und die Regirung aufhert.

Libe Mari fileichd must Du jez klauben das es war ist indem es in der Zeidung schtet, wo auch gedrukt ist das mir leuder so lange braugen und wo es auch beschriem ist, wie es hergangen ist beim Schluhs. Indem inser Bresadent Orderer ins gedankt hat fier die obferwielige Bflichddreie und die unermiedliche Bflichddreie, wo mier bewisen hamm.

Indem es Hirgst wahr wo mier ins fersambelt haben zur Regirung des Bayerlandes und jez ist es wider Hirgst wo mir aus einand gengen, und es ist Winder gewesen, da wahren mir drin bein Regihren und in Lanks, da wahren mir auch drin und in Suhmer, und hawen nicht auslahsen sontern hawen pfeigred regihrt.

Libe Mari, das mus ich dier heunte noch schreim damit das du es weist und dise Zeidung die bringe ich dier, das du es lesen sohlst bald du es lesen kanzt, haber nicht gleich bei der Ankumbft dein Mäu aufreisen und nichd schimbfen sontern dänken, das der Mahn regihrt hat und mit unermiedlicher Bflichddreie regihrt hat und bald der Bresadent Reschbekt had mus fieleichd so eine geschehrte Mohln auch Reschbekt hawen und sohl dänken, das disser Mahn fiel geleustet hat fier das Bayerland.

Du bist plos ein Weisbild und kanzt es nichd wiesen, was mier geleustet hawen, haber Du must es klauben indem es gedrukt ist und nichd auf die Kramer Zenzl aufbassen, wo iere Dregschleidern nichd halten kahn, sontern dänken. libe Mari, das mus ich Dier schreim, das ich es nichd mag bei der Ankumbft, das du fieleichd deine Bletschen hengen last sonzt geh ich ins Wierzhaus.

Sontern Du sohlst mier was gudes aufkochen in der Freide des Härzens und fieleichd Schpekknedel und Sauergraut und Nuhdl, das mahn wider gern in der Heumath ist.

libe Mari ich bin auch froh, das ich in die Heumath kohme, wo iez die Ärnte forbei ist und Zau auch schon fedd, das mier sie schtechen kehnen.

Ich bin fro, bald ich wider in meinen Hof herumwergeln kahn und mich ausrahste, indem ich miede bin for lauter Regihrn und Du kanzt es den Dienztboten sahgen, daß es jez forbei ist mit der Wolllust, indem ich heumkohme und wiel nichz hören, das einer herumget in der Mentscherkahmer, sontern bald einer kohmt, schmeise ich dissen hinaus.

Den iez kohme ich.

Das must Du ienen sahgen. libe Mari, indem ich mich gans narisch freie, das ich heumkohme, haber Du derfst keine Bletschen machen, sontern must libreich sein und fohler Lust, das der Mahn zurik kohmt.

Juhu! Ich bin fro, das ich jez keinen Minisder nichd mer zum reden hören mus, sontern Mihst farren und den groskobfeden Orderer brauge ich jez auch nichd mer zum sehen und den Bichler und den Schedler, sontern sie könen mich jez in der Ferne grießen.

Libe Mari Du must es klauben, das regihrn ist nichd ahle Tag schön sontern macht oft Ferdrus, indem man es oft nichd weis, was man wiel, sontern es wiesen es plos die Groskobfeden, haber iez, bald ich Mihst farre, weis ich es und get keinen was an und kahn mich in der Ferne grießen.

lebe woll und mache keine Bletschen nichd, bald ich kohme, den iez ist es Schluhs und aus' is und gahr is und mache mier Schpekknedel und Sauerkraud.

Juhu!

Der Orderer hat gesagd, mier sohlen in der Heumath die grosen Gedangen for inserner Bardei bflegen, damit das mir sie nichd fergesen, haber ich habe iez kein Zeid nichd mer zum bflegen und wiel meine Ru.

lebe woll, ich kohme, und der Natsi sohl auf die Schtazion mit dem Schiemel um fimbf Ur kohme ich. Ich bin anderst fidöll, haber mache keine Bletschen nichd!

Es grießt Dich bis moring

Dein liber
Jozef Filser.
kenigl. Abgeorneter
in Ruheschtand.

Bolidische Gedanken

zu babier gebrachd fon mier selbs, Jozef Filser, keniglicher Abgeorneter und barlamendarrischer Fertretter des *Wallgreis Mingharting* und forgelehgt dem hochwierningen Hern Domgabidular *Dobias Angerer* in Zillhofen zur Briefung.

Erschtens: über die Rähligion

Die Rähligion ist das, wo der Mentsch had, das er sich fom Thürreich underscheiden kahn.

Es giebt ferschidene Rähligionen, wo mahn aber plos lachen muhs, indem es keine Rähligionen nichd sind, sontern käzerisch.

Zun beischpiel die ludderische. Es giebt auch Tierken, wo einer gleich ein Duzend Weiber haben derf und fieleichd ist disses angenäm, haber eine wolllistige Gemeinheid, indem ins die richdige Rähligion plos eine ferlaubt und was oft schon genuhg ist.

Es giebt auch Juhden.

Die mischten dafon sind Hobfenhendler, und mus der kristliche Ögonohm ser obacht gehben, damit das er nichd beschiesen wird, sontern fieleicht umgekert, haber sie sind ser schlauh und haben eine feundliche Rähligon.

Es giebt auch Heuden.

Sie sind meischtens schwartz und laufen nakert herum und haben plos eine Schierze da wo mier Kristen die Hosenthiere haben. Sie sind so fräch, das sie nicht an Goth klauben und bein Oktoberfest kahn mahn sie oft sehgen, wo der Eintriet 10 Pfänig kost. Sie hubfen herum und sind ieberhaupts ganz thum.

Disses sind die andern Rähligionen, wo aber keine wierklichen sind sontern plos so ausschauhen.

Es giebt plos eine Rähligion die wo was gielt, das man damit in das Hiemelreuch gelangt, bald mahn sie besiezt. Disses ist die kadollische Rähligon.

Es giebt schwahche und schtarke Kadolliken.

Die schwahchen Kadolliken kohmen durch die Unifersatet, wo die brofesser leuder gans fräch und unferschembt sein dierfen, indem sie biecher schreihben, wo es zum beischpiel heußt, das der Mentsch vom Ahfen abschtamt.

Gozeidank, das der Ögonohm disses nicht bekreift, indem mir es durch Erfarrung wiesen, das die Ku ein Kaibl krigt, und der Mentsch einen Mentsch, haber kein Ahfe nichd einen Mentsch.

Und indem mier es wiesen, das ins Goth selbs ferfertigt hat nach sein Ebenbield, wo man zwahr oft nichd Klauben wiel, bald einer besobfen ist, haber es ist doch akerat so.

Die schwahchen Kadoliken giebt es plos in der Schtadt und bald einer auf dem Land forkohmt ist es eine Ausnam oder ein Schuhllerer.

Sie aboniehren auch auf eine lieberahle Zeidung, womit mahn sie erkehnt und sie wehlen auch einen lieberahlen. Frieher waren sie auch Bauernbiendler haber durch die Hallmacht Gothes sind sie ferschwunden und plos mer beim Dokter Heim. Jez wehlen sie einen lieberahlen, und auch wehlen sie einen Sotsi. bald einer fiel Gehld had und kein Gescheft, wo er aufbassen muhs auf die Kuntschaft der Geischlichkeid, ist er lieberahl. bald einer kein Gehld had ist er ein Sotsi.

Die Abodäger sind lieberahl. Die Maurer sind Sotsi. bei die birbrauer und Gaschtwierte ist es ferschiden; die Waxziehger sind schtarke Kadolliken wengen die Kirzen, wo die Geischtlichkeit kauft.

Die schwahchen Kadolliken klauben nichz oder nichd fiel und thun plos so. Zum Beischpiel die Beahmten. Sie gengen zwahr schon in die Kierche, aber plos weil sie miessen indem jez die Regirung ein auhge auf ienen hat und auch die Minisder so thun. Frieher sind die Beahmten lauter Freimauhrer gewest, indem disses erlaupt wahr und sie haben ier Mäu aufgerissen gengen die Härschaft der Kierche und fieleicht hat mahn gelacht ieber die thumen Ögonohmen wo iere Rohsengränz betten und wahren gans aufriererisch gengen den heutigen Babst, indem es der Bißmarch befolen hat, das sie rebellisch sein miessen, haber jez bfeift der Wiend aus einen andern Loch und die Ambsrichter kaufen Rohsengränz. haber sie kehnen nichd einmahl einen Faderunser betten und schtehen forn in der Kierche, damit das sie der bfahrer siecht, den bald er sie nicht bemergt und es inser bresadent Orderer erfarrt, krigen sie ein schlechtes Zeignis.

Sie gehorchen zwahr, haber sie knuhren und bald mahn sie nicht mer an der Kedden had, mechten sie schohn wider beußen, haber mier lasen sie nichd mer los.

Frieher da ist kein bezirgsambtman mit der Fronleuchnahmsbrozäson gangen, sontern er had beim Fenster hinuntergeschaugt und fieleicht er hat eine Ziehgare gerauchd und hat gelöcheld ieber das Folk wo so antechtig ist, haber jez get er schohn mit neben dem Hiemel und hat seinen Schiefhud und einen Sabel dabei und macht eine frohme Fozzen wie der Mesmer oder ein Minischdrand und muhs ieber seine briehlen schiegeln und gans demiedig sein, wie mier auch.

Disses is ganz recht. Den bald ich einen Mahn zale mus er ahles thun was ich wiel und er darf schon knuhren haber plos heumlich.

Disses ist ein Driumbf der kadollischen Kierche, das die Groskobfeten wo auf der Unifersatet fieleicht gelehrnt hawen, das der Mentsch ein Ahfe ist, disses fergehsen missen und nicht sahgen dierfen, sontern sie missen Rohsengränz betten und mit der Brozässon gehen.

Aber sie sind plos schwahche Kadolliken.

Der Ögonohm ist Gozeidank ein schtarker Kadollik, indem er ahles klaubt und einen Zendrumbsmahn wehlt. Mir wiesen, das die Geischlichkeit inserne koschtbaren Sählen regihrt und in iere mitterliche Bflege niemt, damit das sie zun Hiemel farren.

Disses ist eine glohreiche Kunzt, und ser schwehr.

Zu der weldlichen Obrikeid had kein Mentsch kein Ferdrauen, indem sie ins einschbert oder inser Gehld niemt, bald man so thum ist und ier fertraud, das mahn fieleichd was begangen had. Aber die geischliche Obrikeit ferzeit ins und giebt ins plos einen Rohsengranz zum betten auf, was aber nichd so schmärzt, indem es nichz kost.

Und bald der Mentsch schterben muhs, last er fieleicht einen Schantarm hohlen oder einen Beziergsambdman? Er last einen Bfahrer hohlen, der wo iem hälfen kahn.

Deswengen missen mir auch die Geischlichkeid ähren, und nichd klauben, das sie plos da ist, bald mir sie braugen. Die Bolidik ist ein Kambf von der weldlichen Obrikeid mit der geischtlingen Obrikeid. bald die weldliche Obrikeid Herr wierd, ist es lieberahl, und bald die Geischlichkeit Herr wierd, ist es uldramadan.

Was had der Ögonohm fon der weldlichen Obrikeit? Nichz.

Der Schantarm schreibt ien auf, und der Beziergsambdman schraft ien und der Ambsrichter schberrt ien ein und der Rentambman hohlt die Schteiern.

blos bei dissen Bescheftigungen schteigen sie zum Folke herunder, sonzt siecht man sie das gantse Jar nichd und bald der Ögonohm fieleichd einmahl etwas haben mechte, dan ferschwienden sie und hören nichd mer.

Die weldliche Obrikeid ist plos da, das sie was zum ferbieten had oder zum schtrafen. Die weldliche Obrikeit had an jäder Hand dausend Finger bald sie was nähmen kahn, haber sie had eine Fausd und keine Finger bald sie was hergehben sohl.

Die geischlinge Obrikeid ist da fon der Wiehge bis zun Grahbe.

Jäder waise Mahn schaugt, das er mit dissen Mentschen freindlich ist, wo bei iem wohnen und wo er was dafon had. Der bezirgsambdman ist nicht bei ins, und der Minisder auch nichd, haber der Bfahrer ist bei ins und retet insere unschterbliche Sähle, bald mier seine Freindschaft erhalden, indem das mier beim Zendrum sind.

Auch ist es ser beinlich, bald man sich rebellisch beniemt, indem der hochwierninge Her Bfahrer die Familli behärscht und durch die Schtimme des Weihbes zu ins schpricht und disses schpürt man ser, und hat keine Ru.

Die weltliche Obrikeid derf aber disses sich nicht unternähmen, indem es sonzt ein Gewiesenszwang ist und in der Zeidung schteht.

Sontern disses ist ein Vohrrecht fon inserner heutigen Rähligion, indem sie ieberahl hinein kohmt.

Wen der Mentsch angenähm leben wiel und keinen Schtreit haben, und keine Zerwierfnisse mit seine Nachbahrn muhs er seine Bflichd gengen die Kierche erfühlen, und wan der Mentsch eine schene Leich haben wiel, muhs er es auch.

Es hilft aber nichz, das man seine Rähligon plos im Geheumen had, sontern man muhs sie zum erkehnen geben, weil disses eine Forschrifd ist und sonzt der Herr Bfahrer nicht daran klaubt. Darum missen mir inserne Rähligon beweusen.

Es gelangt nichd, das man plos in die Kierche get, den dahinein gehen fiele und auch die schwahchen Kadolliken und Schuhlerer.

Und mahn weis ja nichd, ob es einen freit, wen mahn darin ist.

Sontern bald einer seine Rähligion libt und bald einer seinen Bfahrer libt, muhs er den Zendrumsmahn wehlen.

Disses ist ein Beweus, was einer dengt.

die fornemsten Einrichdungen der kadollischen Kierche sind der Beichdzeddl und der Schtiemzeddl.

Plos durch disse Zeddl kan mahn die Reunlichkeid der Sähle bezeigen und die Schterke seiner Rähligon. Ahmen.

Zweidens: Über die Wiesenschaft

Es giebt ferschidene Wiesenschaften. Eine wo der Dokter kehnen mus und eine, wo der Adfikat kehnt und eine wo der Gehomeder had und noch eine wo der bezirgsdierarzt had. Disses heußt mahn die weldlichen Wiesenschaften, haber sie sind plos niezlich.

Es giebt auch eine göthliche Wiesenschaft und disse besiezt die Geischlichkeid und disse ist nothwändig.

Die weldliche Wiesenschaften lehrnt mahn auf der Universatet und kost fiel Gäld, wo die Brofässer in ieren Sak schiben.

Die weldliche Wiesenschafd wird beschlohsen durch eine Briefung und eine Anschtelung auf Schtazkoschten, wo das Folk bezallt und jez durch die Gnahde des barlamends erhäht ist gewohrden. Die göthliche Wiesenschafd wierd beschlohsen durch eine Brimins, wo die gantse Umgehgend feuert und das bedrefende Wierzhaus einen grosen Brofit macht, indem es fiele Kaibln und Säuhe und Gense und Ahnten und Schbansäuhe zum ähsen giebt und disses schohn einen siechtbahren Forzug der göthlichen Wiesenschafd bedeitet.

Disses ist aber nichd der einsige sontern es sind noch mer.

Durch die weldliche Wiesenschaft lehrnt der betrefende plos was anderne auch kehnen und gengen nichd zuerscht auf die Unifersatet und braugen nichd so fiel Gäld dem Brofesser in Sak schiben.

Zum beischpil was der Dokter kahn, das er die Mentschen kurihrt, disses kahn auch ein Schehfer hoder die Dokterbäurin fon Schönbruhn oder ein Bahder.

In dissem Fahle derf es aber nichd Mädizien heußen sonter Bfuscher, indem es die Gewabbelten nichd erlauhben for brohdneid, weil sonzt die Brofesser nichd mer so fiel Gäld ferdihnen.

haber es ist das nemlinge, plos aus anderne Biecher.

Was der Adfikat kahn, das ferstet auch ein Schreihber beim Notahr, haber er derf auf sein Haus keine Dafel nichd hinmachen sontern ist ein Wienkladfikat.

Was der Bezirgsdierarzt kahn, das kahn ich auch und bin schohn fier disse Wiesenschaft beschtraft wohrden, indem ich fierzich March habe zallen missen, den der Dierarzt hat auch ein Reahlrechd als wie die Kamihnkährer damit das er das Gäld wider ferdint, wo er zum Schtudihrn brauchd had.

Was der Gehomäder ferstet ist gahr nichd fiel, sontern das kahn jäder.

Haber die göthliche Wiesenschafd kan keiner nichd nachmachen und giebt es dabei keine Bfuscher, den es ist ahles ladeinisch.

Und es ist mit Fleuß eingeriechtet, sonzt mechten es fiele brobiehren, wo nichd geweichd siend und kein Engl kehnt sich nichd mer aus, wer iem was anschaft.

Sontern es muhs geweichd und ladeinisch sein sonzt gielt es nichz.

bei der weldlichen Wiesenschafd giebt es fiele Unterschide, indem einer fiel kahn und einer kahn wehnig und einer kahn ieberhaupts nichz.

Ein Dokter kahn die Wahsersuchd heulen und ein anderner die erfrehrten Fieße und ein anderner die Kröbf.

Bei einem Adfikat ferschpilt mahn iemer seinen Brozes, haber ein anderner gewient, und einer had eine schlechte Fozzen und einer had eine guhte Fozzen.

Disses ist sehr ferschiden, haber bei der göthlichen Wiesenschaft giebt es so was nichd, sontern ein jäder hochwierninge her Bfahrer kahn das nemlinge und praucht keine lange Bragsis, sontern die brimins, wo die ahlererschte Meß ist, die ist oft gleich schtärker wie die andern.

Bei der weldlichen Wiesenschafd giebt es lauder Schtreitikeiten. bald mahn drei Dokter frahgt, hat mahn fier Krankheiden und jäder Adfikat muhs lachen ieber das, was der anderne sahgt und die Brofesser sind die ahlerärgsten indem das sie einahnder bekembfen, indem sie so thun, als wen die Wiesenschaft ein Hennerstahl ist, wo plos ein Goggel Blaz had und keinen andern nichd leihden wiel. Und sie kembfen so lang bis das einer vom Blaz get und last seine Fädern hint wo iem der anderne ausgerubft had.

Ich hawe einen Brofesser im Barlamend gesähen. Wen man iem had zohrnig machen wohlen had man plos sahgen dierfen, das sein Kohleg was neies geschriem had. Da ist er so heis gewohrden, das iem die Briehlenglasl angelohfen siend und er had seine Auhgen ferdret und had gelahchd wie ein Geißbogg, weil es iem gleich dum forgekohmen ist, was der anderne schreibt und had es doch gahr nicht geläsen gehabd.

Die Brofesser sind lauder Goggel und jäder meint, er had die schenern Fädern.

bei der göthlichen Wiesenschafd giebt es keine Schtreitikeiden und jäder muhs seine Meß läsen wie der anderne und derf keiner klauben, er kahn es bäser, sontern der heutige Babst sagt bunktdum und darnach ist es bunktdum in der gantsen Wält.

bei der weldlichen Wiesenschafd giebt es ahle Wochen was neies. Das wo gesting das riechtige wahr ist heunte sauduhm und sie erfienden iemer neie Schwiendel, damit das die Schtudentn neie Biecher kaufen miessen und disses heußt mahn den Fordschrid der Wiesenschaft und kost fiel Gäld.

bei der göthlichen Wiesenschafd giebt es keine Neigkeiten und kein alder Bfahrer mus nichz umlehrnen, sontern es gielt iemer das nemlinge. Jez muhs ich noch zun Schluhs die Freiheid der Wiesenschafd beschreim, wo ins im Barlamend so fiel Ferdrus gemachd had und wo inser Minisder Wähner Toni nichd leuden wiel.

Die Brofesser auf der Unifersatet wohlen keine Inschbeksion nichd hawen, wo doch jäder Schuhlerer einen Inschbekter had, der wo seine Schieler brieft, sonzt weis man nichd, hob sie was gelehrnt haben. Indem ich im Gabidl eins schon bemergt hawe, das sie so fräch und unferschembt sind indem sie behaubten das inser Schtamfader Ahdam fieleicht ein solchener Ahf gewesen ist wie jez auf die Jarmerkt danzen, und fieleichd im Baradies der Efa iere Flö gesuchd had.

Mit solchene Unferschembheiden fertreiben sie iere Zeid anschtat das sie iere Schieler was gescheides lehrnen. Fieleichd kombt es dafon das die groskobfeten Beahmten ins noch fier Ahfen anschaugen, wo mahn lauhsen kahn, und das sie meihnen, sie siend in einer Menahscherie und missen die Ögonohmen bendigen als wie die wielden Fiecher und mir missen aufwahrten.

Jäder Mentsch der wo ein Gewehrbe bedreibd muhs sich ausweißen das er was kahn und bald ein Schuhster solchene Schtifel machd, wo mahn nichd braugen kahn, krigt er kein Gäld nichd. Waruhm missen mir die Brofesser zallen, die wo plos die Wält fier einen Ahfenkefig hinschtehlen und eine Wiesenschafd daher bringen, wo nichz werth ist?

Disses ist die Freiheid der Wiesenschafd. Bald es so schteht, hernach mus man ieberhaupts auch fier die Wiesenschafd die Gewärbfreiheid einfieren, das die Schtudentn plos bei solchene Brofesser einkehrn, die wo was gescheides hergehben, haber fon disser Freiheid wohlen die Brofesser nichz wiesen, sontern sie missen eine beschrenkte Anzahl sein wie die Abodäger und Kamienkährer, damit das mahn zu ienen hingehen muhs und sie iere Bekantschafd mit die Ahfen recht teier ferkaufen.

Haber Gozeidank das die göthliche Wiesenschafd keine Wiesenschafd fier die Fiecher ist, sontern fier die Mentschen und derf kein Brofesser seinen Ahfen danzen lahsen, sontern muhs was gescheides forbringen, sonzt wierd er hinausgeschmissen. For disser Wiesenschafd haben mir Ögonohmen auch Reschpekt, und aber for der andern nichd, indem das mir fon die Fiecher fieleichd mer wiesen, wie so ein Brofesser, wo erscht lehrnen muhs, das Zau keine Kaibln krigt. Disse brofesser sohl man kein Gäld nichd gehben, sontern bald sie eines wohlen, mus mahn ienen sahgn, das sie auf die Beime kleddern sohlen und Nieß broggen wie anderne Ahfen.

Disse Brofesser sohlen in einen Zierkus auftretten haber nichd auf der Unifersatet, und das missen mir barlamendarier noch fohlenden.

Dritens: Über die Kunzt

Indem das Minchen eine Kunztschtadt ist haben mier oft im barlamend die Forlahge gehabt, was eine Kunzt ist hoder was keine Kunzt nicht ist.

Die Mahlerei ist schohn eine Kunzt, haber plos bis zun Nahbl. Untern Nahbl ist es eine Sauerei, indem es dohrt geschlächtlich ist. Der biderne Ögonohm schähmt sich bereiz im Hämd, wodurch mir ins in der Unterhohsen ins Bett lehgen.

Und bald ich meine kristgadollische Ehefrau anschauge ist es mir fiel liber bald sie mer anhat als wie wehniger, hobwol es beim ferheirateden Zuschtand keine Unkeischheid nichd gibt sontern es ist gesezlich.

haber mar kahn sein Schamgefiehl nichd einmahl bei der Ehe unterdriken, sondern man drahd sich um, bald man heraus muhs. Disses ist eingewurtselt und in der Nadur forhanden. Die Mahler haben kein Schahmgefül nichd, sontern sie mahlen die Weisbielder gans nakert wie die Kü auf der Wihsen. Indem mahn in Minchen auf der Schtrase get und dengt an nichz schtet mahn auf einmahl for einem Fensder wo disse liderlingen Geschäbfe aufgemahlen sind und häben die Hend in die Höh und schtreken iere ferbotenen Kerperdeil hinaus. Disses ist ser schedlich.

Es kohmt auf dem lahnde for, das die Weisbilder nichd forsichtig siend, bald sie zum beischpil auf eine Leihter schteigen, haber da bfeift der Ögonohm und sie ferstehen disses Signahl und halden die Rök zu. haber for dissen Fensder hilft es nichz, bald man bfeift und muhs man dissen Anbliek aushalden.

Einmahl bin ich in der biehnakertäg gewehsen. Disses ist eine Anschtalt fier alte Bielder zum aufheben, haber bfui Deifel!

Ich habe den Minisder Wähner gefrahgt, ob disses mit seiner Erlauhbnis sich begiebt und er had gesahgt, ich sohl um Gothes wielen im Barlamend keine Rehde dafon machen sonzt ist es eine Blamaschi, indem disse bielder beriehmde Kunztwerge siend.

Ich habe nichz gesahgd, indem auch der Bresadent Orderer zu mier gekohmen ist und mier ferbotten hat, das ich keinen Schbetakel darieber mache, haber ich habe gedänkt, fier was missen mir neie bielder ferabscheien, bald die alden noch schlechter sind?

In Mingharting ist es forgekohmen das eine Schtahlmagd ieber den Zaun ist geschtiegen und ist der Rok hengen bliben, das man ferschidenes bemergt had, wo sonzt nichd zum bemergen ist. Die lädigen Purschen haben gelacht, haber die ferheirathen mähner haben weg geschaugt.

In der bienakertäg sind fiele solchene bielder, aber kein Mentsch schaugt weg, sontern sogahr die Weibsbielder bleiben dafor schtehen und halden sich briehlen for die Augen, das sie es gans genau sehgen. Ein brofesser had zu mier gesagt in der Kunzt macht es nichz. Disses kahn ich nichd klauben. Fier was ist es unkeisch bald es ein wierkliches Fleusch ist? Und fier was ist es schöhn, bald es ein gemahlenes Fleusch ist?

Disses ist selzam. Indem ich klaube, das es mit der Öhlfarb keinen Unterschid machd.

Was ich zudehke, lahse ich von mier nichd mahlen, und lehge mich mit der Unterhohsen ins bedd.

Disses ist mein kristlicher Schtandbunkt.

Fiertens: Über die Schtehlung bayerns zum Auslahnd

Eigenlich begient das Auslahnd ieber der Dohnau, indem die brofinz Franken kohmt. Aber durch die bolidik begient es weiter drohben beim Main.

Disses heist breißen wo ich nichd wahr und auch nichd hingehe, aber fieles geläsen habe und nichz schenes.

Das Kenigreich Breißen ist ein ahrmes Land und nehren sich fon Kahrdofeln indem sonzt nichz waxt. Durch disses sind die Leite ser begiehrig und wohlen iemer ein Lahnd, wo Gäld forhanden ist und ein guter Fiehschtand und Getreihde. Disses Lahnd heist bayern und ist inser Faderland.

Dadurch wiesen mir, das mir Ohbacht gehben miessen und ist inserne auswertige bolidik, das mir ins nichz nähmen lahsen. Die Breißen sind ser schlauh und kehnen sich gut ferstehlen, haber mir sind auch schlauh und mergen ahles.

Inser Erbfeund ist das Kenigreich Breißen, hobwol mier scheinbahr mit einahnder Freind sind seit dem Jare siebsich, wo mir bayern ienen gehohlfen hawen.

Schpäter hawen mir leuder die Bickelhaubn eingefiehrt, damid das man ins ferwexeln sohl. Disses had der Bißmarch gemacht, und auch hat er das deutsche Reich gemacht, damit das mir die Schuhlden zallen, wo die Breißen haben.

Disses ist leuder ser fiel und schpürt man es schtark, indem die Schteiern waxen.

Schpäter haben sie das Waperlgesez gemacht, wodurch mier ahle Wochen fier die Dienztboden Waperln zallen missen. Disses Gäld wahndert auch nach Breißen.

Mir selbs haben noch keins dafon gesehgen, und mir sehgen es auch nie mer, indem die Breißen nichz hergehben, was sie krigen.

Es kohmen iemer mer Breißen zu ins. Sie kohmen scheinbahr, als wen sie was lehrnen wohlen bei ins oder zum Fergniegen. Haber mier miessen Ohbacht gehben, das sie nichd dableihben.

Die bflichd der bayrischen barlamendarier ist es, das sie den Minisdern disse schleuchende Gefar beweisen und bald wider einer kohmt, mus mahn Schpetakel machen.

Den disses ist leicht zum bekreifen, das wo mahn plos Kahrdofel hat, wiel man was andernes. Sie fersuchen es, indem sie ins schmeigeln, damit das mir zutrauhlich werden, haber wen der bayrische Löhwe seine Zehne bleckt und zum Knuhren anfangt, ziehgen si geschwiend die hende weg, womit sie ien gestreigelt haben. Im forigen Jar haben sie es brobiert, das mir die gleichen Brifmargen haben sohlen als wie sie haben. bald mir disses nichd geschbannt häten, wäre wider ein Unterschid ferschwunden und sie häten noch mer Gäld fon ins genohmen. Aber mir haben es geschpant und sind nicht so thum und auch die Eusenban gehben mir ienen nichd.

Mir missen ser forsiechtig sein und disses ist nicht schwer, weil mahn die Breißen gleich kehnt. Sie rehden ser schnehl mit einer Schprache, wo kein Mentsch ferstet und bald sie ins nachmachen wohlen, mus mahn plos lachen.

Ieberhaupts sind die breißen keine angenämen Mentschen nichd, indem sie klauben, das sie fierchterlich gescheid sind.

Bald mahn einen Breißen hört, had er die ganse Fozzen fohl lauder Wohrte und schbeibt sie auf einmahl aus wie Zweschgenkern und es get nichd nacheinahnder, sontern ahles auf einmahl. Es bräsiert fier einen Jäden, das er ahles sagt, indem wen noch ein Breiße dabei ist, disser plos wahrtet, das seinen Lanzmahn die Lufd ausget, das er darahn kohmt und dan lahst er nichd mer aus, sontern schbeibt auch seine Wohrte hin, das sie burtselbeim schlahgen.

Jäder had jez einen Schnuhrbahrt das er sich bereiz die Auhgen ausschticht, indem seine Auhgen aus dem Kobf hengen und Bazelauhgen sind.

Iere Köbf sind geschwohlen und disses kohmt fon lauder Kahrdofelesen.

Disses ist war, indem ich es weis, dadurch das so fiele Breißen in Minchen sich befiendlich sind.

Die brofesser auf der Unifersatet sind meischtens Breißen und muhs disses Unglik abgeschaft werden.

Die Breißen sind auch ludderische. Wodurch mahn ahles weis und nichz mer zum sahgen ist.

Die lieberahlen sind eine breißische Erfiendung und schtet auch iemer in die lieberahlen Zeidungen, das mir eihnig sind.

Disses ist ein Schwiendel, indem breißen inser Erbfeund ist und sie bassen auf, hob' sie ins nichd ferschlingen kehnen. Aber der bayrische Löhwe schtet auf der Wacht und lahst sich fon keinem Raubfogel nichd ferschluggen, bald er auch sein Mäu noch so weiht aufreisen kahn. Disses mus mahn sich mergen.

Disses hawe ich ersohnen und zum Babier gebracht und jez sahge ich lebe woll.

Ich mus es beschlüssen, indem ich nichz mer weis.

fon
Jozef Filser
kenigl. Abgeorneter
in Ruheschtand.

Zweites Buch

Jozef Filsers Briefwexel

Gelibthe Leser

Indem das es jez schon zum zweiten mahle ist das ich drukt wehrde mus es nichd gar so thum sein als wies habscheilinge mentschen behaubden und klaube ich schon das meine bolidik eine sähr guthe ist.

Disses ist die schprache nichd fon ein studirthen mentschen sontern fon einen bidernen landmahn wodurch mahn es weis das ich das härz auf den rächten fleg hawe und nicht dorth wos der biamthe had der wo die bedirfnise insernes folks nichdmer siecht bahld iem die Briehlenglaßel anlauffen.

Sontern es ist geschriem fon einen folksmahn der wo am bfluge stät und einwändig fohler aufriechtikeid ißt und keihne fallscheid durchauß gahr nichd kent.

durch disses hawen die mentschen ein wollgefahlen an meiner schrieft und schprechen im lahden ob es nichd schohn wider ein biechlein gibt fon dissem wakheren bauersmahn mid namens Jozef Filser wo so dreihärzig die schprache des folkes kehnt und fileichd in der boliedik nichd gans so thum ist da gibt es benifitzi und kohbrater wo auf ladeinisch studirrt hawen und kehnen aber kein biechlein nichd zusahmen schreim sonter blos ier fozmäul aufreisen fohler has und neit gengen den einfeltingen son des folks wo jäz schohn beriehmt ist und lasens iere schlechte wollußt aus aber hielft nichz indem die leithe nichd ieren schmahrn läsen wohlen sontern das biechlein fon dissem Jozef Filser. damit das sich aber ein jäder auskehnt wiel ich es beschreim wie die bolidiek in baiern ißt und kahn jädermahn durch disses mich ferstehn.

das känigreich

BAIERN

bestät unther der Donnau aus althbaiern und schwahben wo die äldetsten dafon die altbaiern siend. Ober der Donnau siend es frankhen wo die meißten schantharmen und biamthen herkohmen und bfeltzer. die Statzrähligion ißt inser aleihn sälig machender kadollischer klaube. die brohdastanden wo es leuder auch gibt dierfen schohn steiern zalln aber sonzt dirfens nichd fiel.

dadurch das sie abtrienig sind fon rächten klaube sind sie inserne heumlingen feunde und mus mahn sie tratzen wo mahn kahn und schaft ins disses auch der bapscht an. bald mir baiern aleihn wehren dirften mier sie schon efentlich trazen aber leuder siend mir mid den breißen beisahmen wodurch mir ins ferstehlen missen.

frieherszeithn wie ich noch ein junger mentsch bien gewäsen da hawen mir fon der geischlikeid gelärnt das mahn auf die breißen schimpfen mus aber jäz had der wiend umgeschlahgen und mir missen freundlich tuhn biß mir wider die warheid schprechen dirfen. das kenigreich Baiern wird regierht fon insern angeschtahmten hauße Wiedelsbach und fon zändrum. In jare 1911 had mahn es brobiehrt obs nichd gät das mahn ins fon zändruhm die härschafd entreisen kahn. Es ist aber nichd gangen und had mahn ins zu ähren ahle minischter entlasen und nichd einmahl aufkiendigt sontern auf der stehle hawen sie iere kofer pakhen missen. durch disses weis mahn es deitlich das mir das kenigreich rägirn.

Das zändrum zerfalt in mehrere theile wo mahn aber fon ausen nichd siecht.

der erschte teihl siend die wo schon ier scheffchen in Drokenen hawen und durch iere bolidiek was *gewohrden siend* zan beispiel landgerichtbresadentn und Schuhlrekter und dohmkabiduhlar und sonzt groskobfede.

der *zweithe* theil siend die wo noch was wehrden *wohlen* zan beispil kohbrater und geischlinge auf schlechte bfahreien.

die meischten bei ienen sind bei der bosd und eusenban und freien sich das sie gengen iere forgesäzten den foz aufreisen derfen und die hende in hosensakh stekhen bald sie mid einen minischter räden staht bielethen zun ferkaufn wozu sie gebohren siend.

der *drithe* theil ist das biderne landfolk und ist der schämel auf den die ahndern steihgen damid das sie gröser ausschauen.

die wo schohn was gewohrden sind und sich ausgeschimbft hawen siend jäz sär freundlich und wädeln mit dem schweiffe bald die kadollischen minister kohmen.

Aber die ahndern flätschen die zehne und gnuhren abscheilich biß der minischter ienen einen schenen brokhen hinschmeust zan beispil eine guthe bfahrei oder eine Stehle als bostrad.

dahn wädlen sie auch. disses ist die heumliche bolidiek fon zändrum.

Mir andern wo die eigentlichen sähne des folkes siend missen ienen bei disser bolidiek hälfen.

dafir siend mir ienen schohn guth genug. wan sie ins nichd so schtark braugen mißten wehre ieberhaupts kein biderner landmahn bein zändrum sontern lauther bost egsbediether und kohbrater und sollchene wierdentreger. Aber dahn ist es keihne folksbardei nichd mär und desweng lasen sie ins hinein.

Gelibthe läser.

Ich bien ein sollchener mahn des folkes und lase mich nichd fon disse leithe wo blos ein schenen boßten wohlen anbliemeln und bald sie auch auf mich schimbfen.

Das macht nichz.

Ich hawe iere bolidiek erkahnt und beschriehbn und jez lestz disses biechlein, dahn werz ier auch erkehnen, wahrum das sie das mäu aufreisen. Und ier werz schohn sehgn das ich nichd gahr so thum bien sontern hell auf der Plathen.

lestz disses Biechlein und läbet woll fon

eiern
gelibthen
Jozef Filser.

An Hern Sepastian Hartl

Oegonohm in Felgeding
Bosd Dachau

Liber Freind.

durch dein Schreibn mus ich Dier eine Antword gebn, indem Du es wielst und mier solchene krobe Nahmen gibst, das auch ich ein Rindfiech bin wo das bir teirer machd und Zündhelzer. Das hasd Du fallsch geschribn, indem ich blos in Minken regihre haber nichd in Bärlin.

dises Rindfiech bin ich nichd sontern ein anderner und ist läbzelder und Waxziecher in Waserburg mit Namens Razinger, wo insere Wallgreis in Bärlin rebresadiert, indem ich keine Zeid nichd habe, das ich auch in Reistag regiehre sontern blos in Lantag. Disses must Du Dier mergen.

Mein liber Mentsch, bal Du so schimbfst, ist es gans fallsch, indem Du es nicht weist, wie es geht und ist auch der Razinger blos unfreiwielig.

Indem Du beim Milidär gewesen bist mus ich es Dier erkleren, das es nicht blos beim Milider eine Diszaplien gibt sontern auch bei inserner Bardei.

der Gäneral isd der gleine Schuhlmeisder Orderer, wo man es zwahr nichd klaubt, bald man ien mit seine krumben Bäckerhaksen anschaugt, haber er isd sär scharrf.

dan kohmen die Oberscht, was lauder geischlinge Hären sind und Du kenzt si schon, der Bichler, der Daller und der Schedler. dan kohmen Hauptleute und leibnand, wo auch wider lauder Geischlinge sind.

dan kohmen die Fehldwäbl und disses sind die bfahrer und Kobrader, wo die gröbsten Fotzen haben wie beim Milider.

Jäzt kohmen erscht die Gemeihnen fon der Gombanie und sind es die Oegonohmen und anderne Folksmäner, wo zum Schtimmen haber nicht zum Reden da siend und blos ja und nein sahgen dierfen auf den befel disser fielen geischlingen Offazier und ierene Fotzen durchaus nimahls aufreisen derfen.

Indem es heist schtielgeschtantn! wo Du fom Milider her weist und riere Dich nichd Du Sauhamel Du geschärter und plinzle nichd mit den Augn Du Rahmel Du pfundiger und Schtier und geschärtes dach und laggel lufdgesellchter Henglender. Disses ist die Bardeidiszaplin.

Mein liber Mentsch, da kanzd nichts machen, und mus man ienen folgen disse Härren, wo eine ladeinische Fozzen haben und briehlen auf der Nase, den mein lieber Mentsch was wiesen iberhaupts mier?

Indem mier nichz wiesen und geh nur hien und brobire es und wan du in bärlin bist midden unter lauder Breißen und ganz ferlasen.

Meinzt Du fileichd das Du so fiel Schneid hasd und halzt eine Rede in dissem Barlamend fon lauder Breissen?

Ich draue mier nichd einmahl in Minken wo doch lauder Mentschen sind und redet sogahr das Ministärium inserne Schprache.

Haber in Bärlin ist es durchaus gans unmeglich das inser läbzelder das Word ergreifd, wo disse Leite doch fil schneller reden können und eine gifftige Fozzen haben, das sie einen Waserburger damid zu decken.

Mein liber Mentsch Da ist man schtille und freid sich, das mahn blos ja oder nein zum sahgen hat, wi es der hochwierninge Her Fehldwäbl befehlt und sogahr das gröste Gschreimaul, wo im Landtag red als were es blos im Wirzhaus, schweigd schtille in Bärlin oder redt blos was mahn iem anschaft und disses ist der Dokter Heim.

da kanzt du dier eine Forstelung machen bald sogahr disser Mentsch das Mäu hald und seine Wud bezemt und da kan ein läbzelder auch nichts andernes.

dadurch das das bir teirer wierd bin ich auch ferzweifeld und habe insern hochwierningen Härn bfahrer ieber disses befragt, indem er doch seine kristkadollische Zeidung had wo es zum läsen stet warum das inserne geischlinge Offazier das bir teirer machen. Und er had zu mier gesagt liber Jozef sagd er, disses ist fon der Zändrumbardei eine ieberaus weise Handlungsweise sagd er, indem si durch disses wider das Regament krigen und auch di breißen kadollisch machen had er gesagd und bald man zum Beischpiel Geld obfert das man die

Heuden in Affrika zu Kristen machd und fier die Misionen sein Gäld hergibt sagd er, mus mahn hald in Gotes Nahmen auch fier die Mas bir mer zallen, damid das dadurch die lutterischen Breißen kadollisch wern und das ahlein sälig machende Regament des Zendrums erhalden sagd er.

Ich ferschtehe es nichd hobwohl ich bei der bardei bin und Du ferstehst es noch fiel weninger, haber disses isd wurscht wie beim Milider, wo man auch nichz fersteht sontern man barirt intem es heußt schtillgeschtantn Du Saurahmel du fernagelter und Miestlaggel.

Ich habe inserm hochwierningen Bfahrer deinen brif gezeigd durch disses weil du mich ein uldramadanes Rindfiech geschriben hasd und ein Folksverräder und Zendrumswucherer.

Inser Her bfahrer ist ser unwielig gewohrden durch disses und er had gesagt mein liber Jozef sagd er, die erschte Aufgahbe wo mier in bärlin gehabt hawen isd, das mir den Feund der kadollischen Kierche schtierzen wo sich Firscht bielof schreibt und disses breiswierdige und von insern heuligen Vater dem babschte gesegnete Werg isd ins auch gelungen und mus mahn eben dafier ein bar Pfäning mär fir die Mas bir zallen und kahn man es ja als einen Peterspfäning bedrachten zu ehren Gotes und des babschtes der auch fier ins eingeschpärt ist im Fadigahn und den sie nichd herauslasen nichd einmahl zum Schbazirrengehen in die Schtadt Rohm, haber disses ferstet dein freind Hartl nichd sagd er, sontern hat er gesagd er isd ein Maulaufreiser und habscheiliger Gwatratlaggel und isd iem die Haubtsache nichd seine unschterblinge Sähle sagd er, sontern seine birwampen.

liber Freind, disses schmärzt miech, das er es gesagt had, haber ich mus es dier schreim, damid das du es weist.

Jäzt must du es klauben das der läbzelder Razinger auf Wuntsch insernes heuligen Vaters den bielof entfernt had, das man ien nicht mer siecht und auf befel fon inserne Gänerál und Oberscht und hochwierninge Fehldwäbi, wo keinen Wiederschpruch nicht fertragen sontern mier fohlgen und damit bunktum.

Aber fon mier must Du nichz schlechdes bedreff das bir klauben, indem ich in Mingharding bei meinem alden Trachen bien, wo auch keinen Widerschpruch fertragd und ich derf zur Zeid nichd regiehren sontern mus Mischt farren, indem das Wedder so mieserabl ist das mahn nichz andernes thun kan. Haber ich freie mich schon, bald das Regihren wider anget in Minken und ich arbet fiel lieber fier das gemeinzame Faderland als wie daheum bei dissem alden Trachen, wo miech im Fertacht had. Du weist es schon.

Durch disses läbe woll und es griest dich dein

liber Freind Jozef Filser,

wo aber nichd das bir teirer gemachd had und Zindhelzer.

An Härn Gorbinian Bechler Boshalder

in Mingharting
Bosd daselbs

Liber Schpezi

Ich bin wider eingerukt zum regihren und disses isd sähr gud das mier ein barlamänt haben den sonzt mus ich das gantze Jar bei dem Trachen hoken und kahn ier nichd aus haber durch disse Schtazgeschefte bin ich hinwäg fon ier und habe meine Ru.

Jez schbeiben mier ahle in die Hende und fangen zum regihren an, das ahles gracht und sind auch schon ahle da und haben ins die Mienisder iere aufwardung gemachd, das mir mit ienen gnedig sind. Bis jez weis mahn noch nichd wie mir uns ferhalden und welchene bolidik das gemachd wierd oder ob mier einen schtierzen oder ob mir ahle Minisder behalden und ienen nichd aufsagn, den disses weis plos der Orderer.

Der Biechler had gesagd leuder es wierd eine schtille Säsion indem es gans wänig zum schimbfen gibt und disses ist dadurch weil die Minisder keine schneihde mer hamm und wahr es frieher lusdiger wie noch der langhaksete Greillshaim da wahr indem disser sich liberalisch geschtellt had und haben mier was zum fingerhaggeln gehabd, haber jez ist keiner mer da wo mid uns haggelt und missen mier hald schaugen, ob mahn nichd einen Schtreit fiendet. Haber disses ist ser schwär indem ahle Minisder ierene Blätschen hengen lasen und keiner muxt, jedoch mus mahn hobfen das der Heim was zum brillen had, den fier was hamm mir ein barlamänd, wenn sich nix riehrt? Der Bfahrer fon Sinzing had gesagd das jez eine Kohmisiohn im kadollischen Kashino beisahmen ist die wo suchd das mier was zum schimbfen krigen und das mier insern Heim auslahsen köhnen auf die Minisder haber bis jez isd es draurig dän die Rähligon wo mahn am schensten schimbfen kahn had der Wähner Toni und disser ist ein heumlicher Gabuziener und kahn man fon iem das kadollisch sein noch lärnen und da riehrt sich nichz.

Haber es wierd schon was kohmen das die kadollischen Wehler einen Gspas haben und mier ist es wurscht indem ich auf die Fästwise gehe, den disses haben sie gud getrofen, das jez das barlamänd angekohmen ist wo auch zwei Mänascheri angekohmen sind und so fiele Fiecher beisahmen sind, das mahn nur grad schaugen mus.

In der Mänascheri sind aber keine inlendische Rindfiecher sontern auslendische Rauptire, wo Menschen fräsen bald sie heraus sind, haber es giebd auch Leide, wo zu ienen hineingehn und ein Weisbild ist auch zu ienen in den Kefich und had einen gans kurtzen Rohk angehabd bis zu die Kniehe und fäste Wahdeln, das du geschaugt häzt, was fier Wahdeln disses wahren und sie had mid einer grosen Hunzbeitschen auf die Löben und Thieger gehaud das sie gewimpseld haben und bald einer sein Fozmäu aufreist und brillt haut sie iem auf die Nasse als wen es plos eine Hauskaz wehre.

Mein liber Schpezi mid dissem Weisbield mechte mahn nichd ferheirad sein hobwol sie rechd sauhber isd, haber bei der gibd es keine Wierschtel sontern mahn krigt seine Fohzen.

Dan giebt es auch Eißberen wo auf iere ersch ins Wahser rudschen und dan giebt es auch Afen, wo mahn die greste Gauhdi had und mus ich dir sahgen, bald es nichd zwegen der Rähligohn were, kahn ich es schon bekreifen, das mier fon disse Afen erzeigt sind, haber durch den kadollischen Kadegisimus ist es der Ahdam gewäsen, hobwol mahn doch ofd nichd weis, wer der Vatter ist und fieleicht war auch ein Afe dabei und had sich blos wegeschwohren. Mein liber Schpezi, bald mahn disse Afen anschaugt, siecht mahn fiele Bekahnte und inser Schullärer isd auch dabei, gans akerat so und inser biergermeister were froh, bald er so gescheid ausschaugen thete. Disse Ahfen haben ahles was mier auch haben, jädoch sie schehmen sich nichd so, wie mier ins schehmen, indem mir eine göthliche Sähle besiezen und eine hohse darieber anziehgen, haber sie grazen sich dort und fangen Leise und zeichen ahles her und dreiben abscheilinge Schpiele und durch disses klaube ich wider an insern Schtammvater Adahm, wo doch gewies eine Schwiemhossen angehabd had oder ein zimlich groses

Feugenblad zwegen seiner unschterblichen Sähle. Näben disser Mänascheri ist ein Zält mit wielde Fölgerschaften, die auch nichd fiel anhaben aber doch ieber die Haubtsache durch die bohlizei mit greßerne hantiecher geschiezt sind und ich mus es dir schreim, das disse Mäntschen nichd fiel wüschter sind als wie kadollische Kristen sontern die Weisbielder sind schehner als wie die meunige und als wie die Deunige, hobwol ich disses ja nichd weis sontern plos errahde, haber disse schwartzen Weisbielder sind gut geschtellt mein liber Schpezi indem sie schtarke Härzen hahben wie die Krahmer Zentzl und iere hinterkwatire sind mir noch liber und sind ehnlich als wie der bfahrerkechin der ierige und mechte mahn sie gärne schtreicheln, haber disse Gegenschtende dierfen nichd beriert werden, mein liber Schpezi und must die Brazen weglahsen. Bloß anschauhgen derf man sie.

Haber disses ist leereich und ein groser Underschied fon dem weiblingen Geschlächte was bei ins daheim ist und bald inserne Weisbielder in einen Zälte wonnen und plos Hantiecher anhaben, mechte mahn nichz bezallen, damid das mahn sie anschaugt und es ist sähr gud, das sie kadollisch sind und folgedässen ahles zudäken missen, den fier Heuden sind sie fiel zu schiech und das sexte Geboth ist bei ienen keine Kunzt, sondern man ist froh und zwegen dissem blieht auch bei ins die Rähligon auser nach der Feuertagsschule. Disses habe ich jez erkahnt.

Es giebt auch ein Risenmätchen aus Diroll auf der Wihse mit drei Zäntner, haber disse ist sogahr fier eine Bfahrerkechin zu fedd.

Es giebt auch Schaugeln, wo fornen ein Mahn schteht, der schaugelt und hinden schteht oft ein Weisbield das die Röke fliehgen, haber man derf nicht so nah hingähen, wie der Bfahrer fon Sinzing, indem ien die Schaugel auf den Gobf getrohfen had und er had eine beile emfangen wie ein Kierbiß, haber plos auf der Schtierne, wo es nichz machd.

Es giebt auch ein Kahrusel, wo ich ofd darauf farre, bald es dunkl wierd und ist sär fidöl, indem mahn gans dahmisch wird und sind auch fiele Mätchen wo gern mitfarren, haber ich trauh mich nichd; Du weist schon.

Jez ist auch die landwierdschafdliche Ausstelung, wo das Rindfiech fon inserm Minisder angeschaugt wierd, und bin ich auch dabei, indem mier im barlamänt ein groses Inderäse fier das Gedaihen der landwierdschafd bezeihgen missen und missen auch ahle beahmte und Brinsen ein Inderäse bezeichen.

Sie gähen herum mit iere Schiefhüt und buzen die briehlen und schaugen das Rindfiech an und das Rindfiech schaugt sie an. Haber ich klaube, sie kehnen einahnder nichd, sontern sie thun plos so und bald mahn einer Ku den Schweihf aufhäbt, schaugen die Minisder und Brinsen und beahmten wäg, indem sie sich schehmen und si klauben, disses ist so unanschtendig wie bei ienen und bekreifen nichd, das disses beim Rindfiech einen andernen Zwäk had.

Und der Regierungsbresadent had gemeint er mus noch merer Inderäse bezeichen und had eine Ku geschtreichelt und had aber gleich seine weisen Hantschu angeschaugt ob fielleichd die Farb fon disser Ku abget, und ein Greisdierarzt ist da gewest, der had gemeint, er mus beweissen, das er mit disse Rindfiecher beser umgähn kahn und dreht einen Ox den Schweihf auf die Saite und last aber die hant dort und der Ox lägt ihm einen grosmechtigen bfannkuchen hinauf, das ich hab lachen miessen, das mier das Wahser fon die Augen gelauffen ist und er schaugt mich gans wild an und sagt, disses kahn jedermann bassieren und ich sahge, es bassiert plos, wen mahn die Hant auf die Miendung legt und fieleichd had der Ox Zweschgen gefräsen, und da haben ahle gelacht.

Haber dan sind sie gegangen, indem die Groskobfeten keine solchene genauhe bekantschaft mit der landwierdschaft doch nicht mägen und indem das Folk schon gesähen had, das sie sich um das Rindfiech kimmern und es liehben.

Und disses ist die Haubsache, und jez geh ich wider auf die Fästwihsen, wo mahn Trachen schteigen sieht, haber den meunigen nichd, indem er Gozeidank angehengt ist und lebe woll du armer Mensch und fieleicht auf Kirta kohme ich weilst Du mich schon ofd eingelahden hast, du bazi du gans ausgschamter und säu fleisig mein liber Mentsch den ich bin auch fleisig haber nichd mit der Miestgabl wie ier sondern mit dem Gobf.

Es griest dich

dein liber Freind

Jozef Filser.

An Hern Dobias Angerer

Gabiedelforstand in Zillhofen

bosd Mingharding

hochwiern Här Gabidular

Kelobd sei Jessas Kristo!

Had 'n schon. Kloriha in ekshelsis Teoh.

Durch disses schreim schreiwe ich meinen hochwierningen und gelibden Forgesäzten und mermalingen Baichdfadder mid freidingen Gefiehle, das mier den Simblisimus fon der Eusenban hinausgebuzt hawen durch den Beißstand Gothes und der heuligen und insern unbeschreiblingen Orderer.

Rache ißt sieß schbricht der Här und disses fiehlen mier ahle und hawen auch einen freidenschmauß in der Weiswurscht und mit sär fille Weiswierschte abgehalden und Sembf und Bräzeln und den bolizeibresadent, wo mier haben miduhn lasen damid das er inser Wollwohlen bemergt. den disser Mentsch ist ins jez angenäm und halden mir ien fier eine dreie Säle und zuferläsigen Undergäbenen, wo ien auch inser ahlerhöxter barlamendsher der Orderer ein barmahl freundlich angelöchelt had und iem seine zwei gälben Zene fohler Giete gezeugt had. Fileichd befehrdern mir iem rechd ballt, wen wo sich ein Lohch äfnet wo mir iem underbringen kähnen den disser Mentsch ist ins angenäm.

Er had es dadurch fohlbrachd, das er im kadollischen Kasieno gewäsen ist, wo iem der bichler seinen Blahn gezeugt had, wie mir jäz den Simbliesimus backen kähnen indem mier das Hauß Wiedelspach dazu beniezen, den hochwiern Her Gabidular, sie ferstengen mich schon, das mir disses forgehben das es fier den drohn ist und ist aber fier den Orderer, den wo disses Wiezblad iemer derbleggt das fille Mentschen plos lachen bald sie ien sehgen.

Der bolizeibresadent had es auch ferstanden und weis wo der Wind hergät und disser Wiend schtreichd aus dem Zändrum.

Daturch ist der Simbliesimus auf der Eusenban ferbothen, das ien kein basaschir mer kauffen kahn und disses ist ein härliches Middel. den das weis mahn schohn, das ahle leithe fier das Gäld sär emfiendlich sind und mier hawen stez gesähen das die Räligohn ieren fästen Siez plos im Gäldbeidel hat. der Schreuner gät in den Rohsengrantz bald er klaubt, das in der Kirchen oder im bfahrhauß eine Arbeid zum fehlenden ist und der Schlohser kniegelt gans forn beim Aldahr bald er schpant das fieleichd das Gieter rebahriert wird und der Waxziehger ist der bäste Kadollik wengen seine Kirzen und wo die freilein bfahrerkechin das fleusch hohlt mus der Mäzger ein Gebät zum Hiemel schteigen lasen haber so das mahn es mergt. Der buchdrugger had einen härlichen Klaubenseifer, intem er den Kierchenanseiger trukt und auch der Schpengler erwäkt sein Gewiesen weul er den bliezableider auf dem bfahrhauße fergohldet und ahles had Goth weuse eingeriechdet, das jäder Mentsch die Rähligon libt intem er seinen Gäldbeidel libt.

Durch disses mus es auch der Simbliesimus bemergen das die kadollische Rähligon kein lährer Schain ist sontern eine schtarke Einriechtung wo iere Kiender libreich begienschtigt haber iere feunde beschedigt.

Das hawen mier gud fohlbracht das mier der brässe einen Mauhlkorb hinhengen bald sie ins beußen mechte. Mier ahle sind sär freidig, das ins disses Werg so schän hinausgegahngen ist.

Hochwiern Här Gabidulahr jäz mus ich nach dissem frählichen Ereugniese auch was drauriges schreim. Daturch das mier einen schtarken Kuhmer hawen, wie mir das niderne Folk ausschmirren kähnen mit dissen neien Schteiern wo mir durch inserne breissischen Klaubensbrieder erfuhnden hawen. Disses ist ser schwär.

Mir hawen ahle Täg geheume Siezungen im Gasieno das mir einen schwiendel erfienden haber bis jez ist ins noch keiner eingefahlen, den wo mahn nichd bemergt.

Inserne greßten Erfiender hoggen gans draurig herum und hawen mier ins ahle ferlobt das mier nach Altäting ein gohldenes Schahf schtieften bald ins das Folk einen Schwiendel klaubt.

Es mus ein schtarker Schwiendel sein indem die Sotsi aufbassen haber mier wohlen auch einen grosen Schafhamel schtieften und gans fon Gohld.

Disses ist eine draurige bäriode wo nichd ein mahl inserne geischlingen Hären ahles herumdrähen känen und hawen doch auf disses schtudirt, wo man heutige Liehgen heist.

Ich mus es ienen mit schmärtzen beriechden das jez fiele schimbfen gengen eunander und der Heum had gesagd das disser kwallfohle Kuhmer fon gewiese Leite herkohmt, woh bei die Gozöbersten heruhmschmeigeln und in Bärlin ahles bewieligen, damid das die Sohne der Gnahde ienen auf die greflichen Blatten scheunt und durch disse hadelige bagaschi in breißen und kadollische leitschiender und arme bärgwergbesiezer wo ihre Leite außauchen und eine hochmiedige Fozen aufsäzen gengen das niderne folk haber am drohne den Schpeichel schläggen und durch disse fornähmen Mähner wo oft noch Laußpuben siend und drekete Schlawiener und Roznassen, wo die Kadollikendage mit ierer sauthumen Fisaschi ferhuntsen und ihre fierschten und Grahfengrohnen auf ahle budschamperl hinaufmahlen und durch disse schlamberte bagaschi had das Zändrum das Folk feraden und ferkaufft.

hochwiern Här Gabidulahr ich mus es ienen schreim, das durch disse Worde ein habscheilinger Schpetakl sich entstanten had intem der bichler in die freis gefahlen ist und der Orderer had den Hädscher gekriecht und der Dahler ist plau gewohrn und seine Orwatscheln sind kald gewohrn und es ist ein Geschwätz gewäsen wie in dem gresten Sauschtahle bald gefuthert wierd.

Den Orderer hawen mir mid Schbiridus eingeriem und er had aber geschnaggelt wie ein alder Schpillhan und had iemer noch einmahl gefragd hob mir das Folk feraden hawen, hob mir das Folk ferkaufft hawen und seine Nassenschpieze ist schnäweis gewäsen.

Haber da ist der Schedler aufgeschtanten und had geruhfen mir sohlen schtielle sein und gans meischenschtielle.

Und jez had der Schedler sanbf gelächelt und had mit sießer Schtieme geschbrochen und had gesagd, Kündlein lihbet einahnder sagt er, und ich weuß ja das ier eich härzlich lihbet.

Jawoll had er noch einmahl gesagd indem der bichler nemlich seinen Gobf gebeideld had. Jawoll ier lihbet eich.

Disses Zändrum sagt er ist eine sär grose Familli und es kohmt sogahr in einer gleinen Familli for das es einen Schtreid gieb, haber nach einer gleinen Weule wiesen ahle das si eine Familli siend und ist ahles wider guth. So ist es auch bein Zändrum sagt er und die briederlein lihben sich wider.

Gelihbte sagd er inser Heum ist die Schtieme der fraien Naduhr haber Biechler ist das Lisbeln der Harbfe und mir schätzen ahle zwei Töhne und mir braugen ahle zwei Töhne intem das mir mit Graft zum Folke räden haber auch mit der Regierung lisbeln hoder umgekehrt.

Gelihbte sagt er jez ist aber eine schlechte Zeit, indem das mir mit ahle zwei lisbeln missen und mir missen gans leuse lisbeln, damid das man es nichd genau ferstät, was mier sahgen und das mier es iemer wihder heruhmdrähen känen und das mahn ins nichz beweusen kahn.

Gelihbte sagd er mir hawen jäz eine sehr schmärzlinge Obaraziohn an inserm Folke for, intem mir iem seine Narung ferteiern und ien iberhaubts außauchen und sagd er ier wieset ahle das mahn bei einer schmärzlingen Obaraziohn die Leite bedeiben mus das si es nichd soh schpiehren und mir sagd er missen ahlso auch das Folk bedeiben bei disser Mahgenoberaziohn und dierfen nichd laud räden damid das mier den Bahzihenden nichd aus dem Schlahfe erweggen und disses mus inser gelihbter Kohläge Heum bedengen und bei disser bäriohde derf er nichd als Ferdreter des Folkes so laud brillen. Sontern mier missen leuse aufdreten wi di Daschentiebe, das es das Folk nichd mergt wie mir es außäkeln, und iem die Gäldbeidel nähmen. Und mier wohlen ins im Gebät fereuningen, das ins die Ahlmachd ein Middel schengt, das mier das Folk einschlefern kähnen.

Oh du heulinger Sepasdian –
 schigge ins einen Schwiendel!
Oh du heulinger Flohrihan –
 schigge ins einen Schwiendel!
Oh ier fiersich Nodhälfer –
 Schigget ins einen Schwiendel!
Oh ier heuligen Nodliegner –
 Schigget ins einen Schwiendel!

Disse neie barlamändsliedanei hawen mir ahle mit bedriebten Härzen gebäthet. Hochwiern Här Gabidulahr bäthen sie es auch fir

ieren liben Jozef Filser
Kenigl. Abgeorneter.

An Härn Emerahn Schanderl bfahrer

in Mingharting
Bosd daselbs

hochwiern Här bfahrer

Kelobt sei Jessas Kristo und ich bien gans tamisch im Gobf, denn es isd so schwär zum regiehrn wi es noch gahr nichd war.

Indäm mier nemblich jeden dag ein anderner schreihbt oder auch zwai, das mier keine Folksbardeih nichd mer sind sontern Erbrässer und fohler Tumheit, und fille brief kohmen und sind nichd underschriem.

Disses sind aber die gräbsten, wo ich als Lumb und baidelschneiter daschtehe und heist es darien, du gans ausgschahmter bfahrerwaschl schtielst ins das Gäld wo mier hard ferdienen und hasd die Hende selwer im Hossensak und schaugst plos recht sauthum und sagst ja bald ins die Geischtlingen das Gäld nähmen. der Heiß Kaschper had geschriem, dadurch das er kein esterreichischn Dabak nichd mer raugen kahn haud er mier ein baar Fozen herunder und der Mäzger Hardinger fon Sinzing had geschriem, das er miech auf Wainachden alein schprechen wiel und er freit sich schohn und ich sohl mich forher versiechern lahsen, weil es sonzt zu schpäth ist.

Hochwiern Här bfahrer, ich mus es ienen beriechten das ich mier auf Wainachden nichd heimdraue, intem das Volk so erbidert und fohler Häslichkeit gengen mich ist und had auch der Stettner Andräh geschriem, das es nichd so fille Haselnusschteken giebt, wie er brauchd bald er mich erwiescht und ahle Leite sahgen, das sie mich herschlahgen missen, das ich gern hin wehrde.

hochwiern Här Bfahrer fier disses bin ich nichd gewält, das ich briegel bekohme und fieleichd mit einen Zaunschteken den Tohd fiers Faderland erleihden mus oder mit einen Wagscheidel.

disses ist nichd der beruhf fon ins barlamendahrier und bald mahn ein Gliehd fon der Rägierung ist, mus mahn nichd seine andernen Gliehder ferlihren, wo mahn zur Ögohnomih und zu sonzt was braugen kahn.

Und fon Reitmoning hawe ich ein brif erhalden wo es heist du drauringer Kähmerling kanzt du nichd nein sahgen, bald mahn drinken und äsen und raugen so deier machd, das es das ahrme Folk nichd mer kahn und weihl die Zindhelzeln so deier siend zinden mir dier mit einen bradschlägl ein Lichd auf du Hergozakeramänd.

Hochwiern Här bfahrer disses erfillt mich mid Wähmud, intem ich fier ahles gans unschultig bien und ich schauge sär draurig in di Zuhkunfd, bald das Folk so erbiddert ist und fohl Ferlangen, das es mich mieshanteln sohl.

Und auf Wainachden wo es doch Frihde den Menschen auf Erden heußt mus ich fielleichd mein Blud fergiesen?

Mein Härz ist sär betriebt fon dissen Follgen der bolidik haber es ist noch nichd das ergste.

Sontern das ergste ist was mahn ieber meinen hochwierningen Härn bfahrer und filgelibten Freillein Kächin schreibt und disses ist eine gans firchderliche Refohluzion, intem es heist das mahn den wamberten bfahrer enschuldingens filmahls seine Haud abschählen mus, damid das er es schpiert wie disses schmäkt bald dem Folke die haud abzohgen wierd und die Freilein Kächin sohl mahn sälchen weil das anderne Schweunefleisch jez zu deier ist hoder mahn mus aus ierem fedden Hintergwardier enschuldingens filmahls Unschliddkärzen machen.

Disses kahn ich ienen schreim, hochwiern Här bfahrer, aber das anderne kahn ich ienen nichd schreim, was die Leite forschlahgen, das man mit ienen oder dem filgelibten Freilein Kächin anfangen sohl. Ich bidde ienen recht sähr das sie auf die Kantsel schteigen und disse Folkeswud schtillen, intem es nichd bloß für ienen geferlich ist sontern auch fier mich und die Freilein Kächin und ieberhaubts fier die heuligsten Gieter der Kirche.

hochwiern Her bfahrer ich mus es ienen mideilen das inserne Bardeih auch sonst sär draurig ist ieber disse Gesäze, wo sie in der Geschwiendigkeit in Bärlin gemachd had und mir möchten ahle die Freinde des Folkes sein intem mahn es doch bei den Wahlen brauchd, haber das breißische Zändrum wiel es nichd, das die reichen Leite und die Fierschten und Grahfen fier iren schtarken kadollischen Glauben auch noch was bezallen missen, wo er ienen sowisoh hart ankohmt und da hawen halt inserne bardeibrieder nachgeben, weil mahn seine Iberzeigung schon obfern kahn, aber nichd sein Gäld.

Und haben auch fille glaubt, das inserne erhahbene und hochwierninge Geischlichkeit das Folk durch die Machd der brädigt besenfdigen kahn, intem es fieleichd doch sein Sählenheul noch liber hat wie einen bieligen Schnubf hoder rauchdabak.

Haber disse ierdischen Genisse sind noch schterker als wie die Rähligiohn und man mus es mit Schmärzen bedrachten, das die ahrmen Leite fier den kadollischen Klauben auch nichd mär bezallen wohlen als wie die raichen Leite.

Dadurch ist inserne Zändrumsbardei jez sär bedrofen und mir fersuchen ahles, das mahn disse Gesäze und Schteiern fergist.

Hochwiern Her bfahrer, intem sie mier geschriem hawen, das ich in Mingharting und in Sünzing einen Fordrag halten mus, hawe ich ienen geschriem, das es nichd gät.

bald ich eine solchene Räde brobire, krige ich schohn eine Fotzen for ich ahnfange, den disses ist der Geißt des Folkes wo jez härscht.

Fieleicht kähnen sie einen geischlingen Abgeohrneten ieberräden das er es brobirt und bald es schlächt ausfahlt, leudet er plos fier die Rähligion haber ich nichd, und fieleichd haud das Folk sanbfter zu bald der beträfende im geischlingen Gewahnde befiendlich ist.

hochwiern Her bfahrer ich mus es ienen noch schreim das ich in der Fersamlung gewäsen bin, wo sie mir befollen hawen, wo das kadollische Folk fohler Wud had sein missen wegen dem schbanischen Freumauhrer. Enschuldingen filmahls das ich nichd weis waruhm, haber eine Wud hawe ich schohn gehabd und fil gedrunken. Es wahren aber plos eunige Mansbielder anwäsend sonst lauder Weipsbielder, intem ahle Schpitähler auf befähl fon der hochwierningen Geischlichkeit dort gewäsen siend.

hochwiern Her bfahrer, ich mus es ienen aber schreim das ich sonzt auch fille Schmärzen und eine grose Wud erlidden hawe durch disse Fersamlung intem ich nemlich bei einer Mauher geschtanden bien, wo es angeschlahgen wahr wegen disser Fersamlung. Und auf dem Anschlahge hat es geschtanden, eine tife Emböhrung durchziddert das kadollische Folk und disses hawe ich geläsen und da ist ein främder Mentsch dazuh gekohmen und had gesahgt er had keine Embörung sontern eine Endberung und sie kohmt fon die Schteiern und die Schteiern kohmen fom Zändrum und bei dissem Wohrte had er meinen Gobf an die Mauher geschtosen.

dadurch hawe ich erkahnt, das mir in disser bäriohde nichd belibt sind.

Und ich bidde Hochwiern Härn bfahrer, das ich in Mingharding keine Rede nichd halten mus, und ist es schohn bäser, wenn mir ins schtill ferhalden sonzt mus mahn fielleicht habscheiliche Worhte ieber dem freilein Kächin ierem Hintergwardier und iere anderne Unfledikeit höhren.

Mit fillen Grießen an dise

bin ich ier
liber Jozef Filser.

Ohbiges bield ist der bordiäh fom barlamend und klaube ich das er auf inserne bardei häslich ist wegen die Schteiern, weil er mich iemer sär schtrenge bedrachtet.

An Hern Xafer Gneidl,

Dischdrixrad
und kenigl. Abgeorneter

in Minken,
in Barlamend

Liber Xaferl

Durch disses bidde ich Dich inschtendig das du mich bei inserner Bardei zwegen Krankheid enschuhldigest und sahge dem Bresadenten balt er frahgt, das ich eine Infaulensa erwiescht hawe und ahlen ibrigen Bardeibriedern sagst Du es auch und ich kahn noch fiertzen Täg nichd erscheunen im Barlamänd, haber mier sind ja so fille das mahn einen nichd gschpürt.

liber Xaferl haber dier sahge ich es schohn ins Ferdrauen das es keine Infaulensia nichd ist sontern mehrerne Geschwielste am Buckel und weider hinab und auch ein Bruhch des gleinen Fiengers an der lienken Hant und auch Schwählungen auf dem Gobfe und auch ein ferläztes Schinbeihn und mehrerne Schlähge aufs Fotzmäu waß awer keihne Nachdeile nichd erzilt had und disses ahles hawe ich beim Teroken erlidden.

Liber Xaferl indem ich nehmlich bei insern Bosdhalter eingekärt bien siend auch zwei Fiechhentler dort gewäsen und had der eihne gesagd, wo sich Schoichl Hans schreibd, das mir so schän beisahmen sint und missen mier einen scharpfen Terogg schpielen das Auhge um ein Zänerl und der Block fünf March und must du es awer nichd ferraden, weil mier doch fon inserner Bardei ferflichdet siend das mier den Klauben fon der nodleudenden Lantwierdschaft niergens zerschteren. Folgedesen hawen mir disses teiere Schpil gemachd, der

Schoichl und der anderne Fiechhantler nahmens Wolf und der Bosdhalder und ich und bei der erschten Blohkad hawe ich schon ieber dreisig March gewohnen wodurch eine schtiele Feundschafd gekohmen isd weil auch der Bosdhalder zähn March ferlohren had.

Der Wolf had gesahgt mit keihnen Zändrumsmahne sohl man nichd schpilen weil sie die greßten Kardoffel hawen awer ich hawe blos gelechelt und bei der zweiden Blohkad hawe ich schohn wider zän March gewohnen und der Bosdhalder ist sär zohrnig gewäsen, indem das er fiel verschpielt had und jez isd die driete Blohkad gekohmen und da had der Bosdhalder austräten missen, weil er in die Mäzgerei had missen und jez hawe ich gegäben und die läzten Karden fier mich siend fir Asen gewäsen und da schreid der Schoichl hald, er had beschiesen und had falsch gemiescht.

Der Wolf had meine Karden genohmen und aufgedäkt und schreid auch gans habscheilich, da klaubt er schohn, das disser geschärte Lump gewient und bei dissen Worthen had er mier ins Andlitz gehaut, das feirige Funkhen wegeschpritzt siend, awer ich hawe mein Gäld gepakt und in den Sak geschtekt und bei disser Beschefdigung hawen mich disse zwei Fiechhantler ferlezt, das ich sär mismuthig wahr und einen Maskrug nam und ist auch der Schoichl sär hefdig an dissen hingestossen, das er bewustlos wahr und had auch der Wolf heulen missen indem ich mich mid dem zerbrochenen Maskrug in einer hefdigen Nodwer befunten hawe.

liber Xaferl durch dissen Schpetakel ist der Bosdhalder gekohmen und der Mäzger und disser liderliche Freind had gengen mich Bardei genohmen und schreid gleich, jez must du schterben du lufdgesälchter Batsi und jez weis ich nichd mär, was mit mier geschähen ist und wie ich wider aufgewachen bien, bin ich in der freihen Lufd gewäsen und hawen die Schterne gescheunt ieber mich und ich hawe geklaubt das mein Gobf in die höche waxt, weil er so geschwohlen gewäsen ist und da bien ich miehsam aufgeschtanden und hawe fohler Schmärtzen geseifzt bis das ich bei meinem Hause angekohmen bien.

liber Xaferl bald mier auch ofd behaupden, das das Läben auf dem Lande fil gesünder ist als wie in der Schtadt mus ich jez disses Lohb zuriknähmen, den es ist schon selzam, wie das bidere Landfolk einen Mentschen herschlahgt und ein Folksfertretter in der Schtadt mus nichd mid solchenen Schmärzen erwachen wie ich.

Am ahndern Tag ist der Bahder gekohmen und had mich mit hefdbflaster schir gans zubappen missen und hawe ien auch gefragt, ob ich in meinem Beruhfe geschedigt bien und had er gesagd, als Oegonohm bien ich geschedigt, haber als Barlamendarier nichd. Und den Schantarm hawe ich auch hohlen lasen und hawe iem befollen, das er den Bosdhalder wegen Mieshantlung der Obrikeit und Schtazgewald for das Schwuhrgericht briengen mus, haber er had gesagd, das ich nichd in der Ausiebung fon meinem Beruhf gewäsen bien und fieleichd kohme ich selbzt zur Ferhandlung durch den Maskrug.

liber Xaferl jez ist der Zwäk disses Schreihbens das du zu insern Jußdizminiesder gähst und iem Ferdrauen zu iem sagst das ieberhaupts keine Ferhantlung nichd schtattfienden derf und wiel ich auch meinen Miesetetern mit kristlicher Dämuth ferzeihgen, und wiel iere Schtrafe nichd haben, und mus disses Forkohmnis mit Schwaigen behantelt wärden, den Du kanzt Dir schohn dengen, was inser Bresadent fier eine Fozen auf mich machen tete bald er es zum wiesen kriegt, das ich grien und plau hergeschlahgen bien in dissem Uhrlaub, wo der Barlamendarier zu seiner Erhohlung beniezen sohl.

Gozeidank had keine Zeidung nichz erfarren, blos inser Wochenblad weis es und ist aber schtreng kadollisch und had geschriewen, das inser inigstgelibter Fertreter fon einem bläzlichen Unwollsein ist befahlen wohrden haber durch seinen Schuzengl und die Hilf der Heuligen wider auf dem Wäge der Beserung sich befiendet, und heust es auch das der wollgeborne Her Filser zwahr noch Schmärzen emfindet haber fiberfrei.

Ich schieke dir disses Blad, das Du es dem Bresadenten giebst und kahn er auch sähen, mit welchener Libe der Wallkreis dem Bardeibruder Filser ergehben ist, das mahn iem zertlich eine bahldige Genäsung winscht und kanzt auch erzählen das die hochwierninge Geischtlichkeid dissen kristlichen Abgeorneten in ier Gebed einschlüssen wiel damid das er seine ganse Krafft wider bekohmt und dem Faterlande erhalden bleibt.

Fieleicht kanzt du den Andrag schtelen das sich das Barlamänt zum Zeuchen, das es disses auch hawen wil fon seinen Siezen erhäbt und dem Kohlägen Filser seine ienigsten Wiensche zu einer bahldigen Genäsung miteihlt. Disses mechte ich auch wengen dem Bosdhalder, damid das er siecht, das er mich nichd wie einen hantwergspurschen hinausschmeisen kahn, sontern das ganse Land ist betriebt iebär dissen Unfahl und mus er Anxt hawen, weil er ein unferlezliches Mitglid fon der Regihrung mishantelt had. Inser hochwierninger Her Bfahrer ist sär zohrnig auf iem und hawe ich iem gesagd, das ich disse Schlähge erlidden hawe indem ich fier sein Freilein Köchin eingetretten bien und klaubt er disses auch gans fest, und ferathet mich nichd.

Liber Xaverl sei so gud und tu disses was ich dier sahge, den ich tu es auch, bald Du mich brauxt, den durch disses sind mier ja der schtarke Tuhrm, das mier einahnder helfen und fon die Minisder Schohnung ferlangen.

Es griest dich dein liber

Bardeibruder
Jozef Filser.

An hochwierningen Hern Bfahrer

Emeran Schanderl

in Mingharting
Bosd dasels

Howiern Her Bfahrer

Kelobd sei Jessas Kristo in aler ewigeid Am.

Intem das sie mir geschriem haben, das ich sohl dissen Mentschen Bechler insern Bosdhalder ferklahgen wengen Mieshandlung eines gesezgäbenden Kerpers durch Fusdrite und auch sex Fozen im Antlieze und sohl auch die Beleudigungen der hochwiern freilein Bfahrerskechin beurkundigen damid das ein brozes gengen dissen Mentschen erhohben wierd, so mechde ich schon meinem gelibden Sälsorger gehorsam sein in alen Schtiken.

Haber ich wiel meine schmerzen hinämen durch das beischpiel Gotes wo auch gelidden had fier ins und ich habe gelidden fier die Freilein Kechin und mechte es mit Sanbfmud ertragen und auch inserner Gemeinde ein beischpiel geben der kristlichen dämut, wo dem Feunde verzeigt und nichd wiel das er Schaden niemt sontern sich bäsert und seine Sähle retet.

Intem es auch gescheuter ist hochwiern Her Bfahrer bald mier disse Eiserungen fon dissem Bosdhalder nichd in der Öfentlichkeit bekant machen den disses sind Eiserungen wo auf ier hochwierninges Geschlächt sich betrefen und dem Freilein Kechin dem seiningen und ferschidene Erläbnise durch disse beuden und wiesen schon hochwiern Her Bfahrer der scheun triegt ofd haber nichd plos fier einen sontern auch gengen einen.

Und mechte ich Disses beischpil erwehnen das der Dreg schtinkt bald mahn ien aufriert und intem Hochwiern ein Mahn sint wo besohnen ist und sich auskehnt so wohlen mir den Dreg nichd aufrieren und auch dem Freilein Kechin den seunigen nichd sontern ien ligen lasen und intem das Freilein Kechin als ein Weisbield Disses nichd so ferstet mus mahn ier nichd gehorchen sontern als ein Mahn seunen Wielen bezeugen und brauchen hochwiern Her bfahrer ir blos zu sahgen das auch disser geachtede Mahn Nahmens Filser ahles mit mielde ferzeigt und had doch sex Fozen erhalden fir das Freilein Kechin und mus sie an dissem Forbielde ieren zohrn fergäsen.

Und fileichd erwieschen mier schon einmahl den bosdhalder wo es ien wäh tuth und zum beischpil missen hochwiern Her bfahrer den kadollischen Gesehlen ferein seine Teaderforschdelung beim Lamblwierd abhalden, wodurch der bosdhalder fil Gäld ferliert und kahn doch nichz machen. Disses mus mahn bewierken und ist eine Rache wo er spiert und bleibt in der Schtille.

Disses wohlen wir folenden, und dissem gans hunzhäutenen Bosdhalder beschedingen, wo er solchene Gespreche iber der freilein Kechin ier alerheuligstes firt, und missen sie iem den Gesälenferein abdreiben hochwiern Her Bfahrer, haber keinen Dreg nichd aufrieren. Teo Krazias.

Inser barlamendarisches Leben ist schtil, intem mir eine so schtarke Bardei sind das mir ahles one schtreiten thun was mir mögen und sahgen mir heumlich das es schahde ist. Den jez ist es so das ahles der Bresadent Orderer beschtiemt und mus mahn fir jeden Kreizer eine Bidschrift bei iem machen und schimbfe ich fein schon liber mit einen lieberahlen oder Sotsi als das ich mit dissem Schuhlmeister freindlich schpreche, denn es ist unbeschreublich was disser Mentsch jez fier einen Grehn had. leuder das mir solchene Rindficher sint und dissen schpinneten Schuhlärer noch griesen, den daturch wierd er gans ferwegen und klaubt schohn er ist der Känig fon Bayern und dankt nichd fier einen Grus.

Neilich ist iem inser gelibter Bardeibruder Glasel auf der Schtiege begägnet wie er mit dem Minisder Wähner daher gekohmen ist und hat inser Glasel mit fleus gesagd grieß God, Orderer, kimbst heid in Kasieno zum tahrogen, und da had der Orderer gethan als wen er nichz hert und had seinen Hud nicht angeriert aber der Glasel sagt er had iem angeschaugt wie ein löbe, wo acht Täg nichz gefräsen had mid rohlende Augen und er had seine fimbf gälben Zehne gefletscht, daß der Glasel gemeunt had, er beußt. Hochwiern her bfahrer, den disses ist leuder wahr, das inser bresadent gegen das arbeizame Folk häslich ist und plos under die Beahmten get weil disse Däppen iem schmeigeln und serfus reißen und disses thut dem Schuhlärer woll, intem er selbs frieher serfus geriesen had.

Jez gengen die Minisder zu iem hin und schprechen ganz liblich zu dissem Schuhlmeister und er thut gans barmherzig und ferdeilt seine Wohrde unter ienen und sie backen sie wie die Hund einen fleuschbroken. Hochwiern Her bfahrer es ist sehr draurig das ich disses ieber insern kadollischen bresadenten schreiben mus haber mier sind ahle gans bährig ieber dissen hochmiedigen Schuhlmeister wo seine Fotzen verziet bald er einen Mahn aus dem Folke siecht.

Haber fieleicht in Duntenhausen get er herum wie der Brinsregänt im Oktoberfäst, und sagt zu einem Bauersmahn, mein lüber wie gets? und klobfd iem auf die Schulder und meunt jez mus dieser Mentsch mit Freiden läben und schterben weul iem der grosmechtig Schuhlärer fon Baiern mit eigenhentiger Fotzen angeschbrochen had.

Mir känen ien nichd mer leuden und mir freien ins bald ein Sotsi dissen gans ferwägenen Knierbs ein bißchen springen last, den fon unserer Bardei derf es ja Nimand und mir missen inserne ganse Hofnung bei den Sotsi haben. Disses ist draurig haber war.

Sonst weis ich nichz mer als das es Gozeidank in dissem Garniewahl fiel keischer hergangen ist, wie frieherszeiten intem das die bolizei jez den geschlechtlichen ferkehr iebernohmen had und barigrafisch reguliert.

Ich weis es nichd obs den bolizeibresadenten ieberal zuschaugen lasen, haber der barohn Freiberger, wo auch die Erbsinde inschpizirt hat mier gesagt, das fieleichd zwei brohzent weninger geschlechtliche Freiden gewäsen sind als forigs Jar.

Disses ist schohn ein herliches Zeignis das die Zuschtende in der Schtadt auch im Abnemen begriefen siend und wohlen mir zur barmherzikeid Gothes hobfen, das es noch mehr zurickget bis Disse schweihnerei nur mer in der kristlichen Ehe forkohmt wo sie auch hingehöhrt und sagens dem Freilein Kechin nochmahl das sie keinen Krawall nichd machd und den Dreg nichd aufriert sie wiesen schon.

Es griest meinen gelibden Sälsorger im Geischte sein liber

Jozef Filser
königl. Abgeorneter.

An Wollgeborn Hern

Kastuhlus Fiendler
Oegonohm in

Bieberekh
Bosd Dachau

Liber Kolga und Schbezl

Intem das du mier ein Brif geschriem hast und es wiesen mechtest was mier jez in Barlamänd ferleben dadurch das du kein Mitglied nichd mer bist wiel ich dier schon ahles genau schreim. Liber Kastuhlus das du schreibs das dich keune zähn Roß nichd mer hineinbringen in Lantag und das du liber ein naketen Haußknächt anschaugst als wie insern Komadant Orderer disses ist durchaus richdig, haber du bisd glicklicherweis Witiber und hast kein zahneten Trachen nichd und kanzt daheum bleibn haber leuder die meuninge lebt noch ser schtark und in Goznamen schauge ich liber den Orderer einmahl an als wie die meunige zähnmal und mus ja nichd bei iem schlaffen und durch disses bien ich noch bei der Bolidik.

Wie du noch dabei befiendlich gewäsen bist da ist sie fil luschtiger gewäsen, haber jez ist sie gans langweulig und mir dierfen keine Entriestung nichd mer beweusen, intem das die Minisder nichd böllen und nichd beußen sonter plos mehr wädeln und had auch inser Fater Daller gesagd das es ein mahlör ist fier die Krefte fon inserner Bardei den was hilft ins die grohbe Fotzen bald mier sie nichd aufreisen dierfen und mier hawen so fille und so grohbe und missen ahle geschlohsen bleibn.

Mein liber Mentsch, da ist es in Breißen gans anderst, wo mir jez gehert hawen, das sie gleich mid Bistolen schüßen wohlen und ist ienen nichd genug, das sie einahnder plos selbs umbriengen sontern wohlen sie fon Bärlin bis Minken schüßen und inserne haarmloßen Minisder abmurxen. Inser Krigsminisder ist schon beina ferlohren gewäsen und hätt mahn nichd mer fiel gäbn fir sein

Lehben, haber Gozeidank had er den breißischen Barohn noch derbarmd das er sein Bistoll wider eingsteckt had.

Durch disses kohmt man zu der Bedrachtung ieber das Duähl, wo auch bei ins öfter geredt wird.

Ich hawe mir gedenkt jez mus ich es einmahl genau wiesen und hawe einen Adjatanden fon insern Krigsminisder gefragd hob er mier nichd eine Auskunft geben wiel und sagd er sär gerne mein liber Her und sahge ich also enschuldigens, balt disser Breiße kein Derbarmnis gehabt häd mus jez inser alder Minisder noch schüßen mid der Bistolle? Jawoll sagd er mein liber Her da gibd es keinen Zweifl durchaus gahr nichd. Enschuldigens sahge ich, bald er aber nicht mahg? Zun beischpil sag ich, balt mich einer beleidinget kahn ich iem schon eine Watschen geben, haber ich mus nichd. Disses ist etwas andernes mein liber Her sagt er. Enschuldigens sage ich wo ist disses geschriebn, das er schüssen mus? Das ist nirgens geschriem sagt er.

Woher weis ers nachher? sahge ich. Mein guder Her, sagd er, disses ist ein Gefiehl.

Bald ers aber nichd gspürt? sag ich. Das gibd es nichd, sagd er. Enschuldigens sahge ich, ich hawe es noch nie nichd gspürt.

Ja sagd er mein liber Her, disses ist ein Gefiehl, wo mahn nichd fon selber had, sontern man krigt es erscht. Durch die Erzühung.

So sahge ich und wie heist den nachher disses Gefiehl? Disses heist das Ehrgefiel, sagd er. Ich dank schön sahge ich, dadurch das ich disses gelärnt hawe. Ich bit schöhn, sagd er, es ist gern geschähen und freit mich das mahn im Folke es lernen wiel.

Enschuldigens sahge ich zun Beischpiel inser Wähner Toni, mus der auch mid der Bistolle schüßen, bald ein Breiße ien beleidinget. Der Her Minister Wäner? sagd er. Ja der Toni, sahge ich. Nein sagd er, disser mus nichd schüssen, bald er nichd mahg. Enschuldigens sag ich, had er nichd so lang schtudirt wie inser Krigsminister? Warum liber Her? sagt er. Ich mein plos, sahge ich, ob er fieleichd nichd so fiel Erzühung had, das er das Ehrgefiel gspüren mus? Liber Her, sagt er, disses ist wider was andernes, indem das er kein Ofazier nichd ist. Ach so, sage ich, plos der Ofazier mus es gspüren? Jawoll, sagd er, ein Ofazier mus es gspüren und ein anderner kahn es gspüren. Ich dank recht schön sahge ich dadurch das ich disses gelernt hawe. Ich bitt schön sagt er mein liber Her, es ist ser erfreulich das man im Folke so fiel Indarese had. Enschuldigens sahge ich bald sie es so genau kenen ist es was schenes und had mahn was dafon? O jah liber Her, sagt er, es ist das schenste, was es iberhaups giebt und ein Ofazier kahn gar nichd leben one iem.

Haber mus ein Brins, der wo Ofazier ist auch mit der Bistolle schüssen?

Nein, sagt er, disses ist etwas andernes, intem der Brins zu hoch ist. Enschuldigens schon sahge ich, bald mahn es ohben auch nichd gspürt für was brauchd mahn den nacher eigens eine Erzühung, intem das es doch ganz wurscht ist ob es unten oder oben nichd glangt und disses Ehrgefiel sahge ich ist das einsige wo Brinsen und Beddelleut miteinahnder die andern Leite zuschauhgen missen.

Da had der Adjatant gesagt, leuder er kahn es mier nichd erklehren, intem im Folke kein Ferstendnies härscht und er ist gangen.

Mein liber Schpezl disses wiel ich dir schon erkleren, das fier die Groskobfeten iemer eigene Supen kocht wern, das sie ienen selbs nichd mer auskennen.

Haber das Duwäl lasen mir in insern Barlament nichd einfiehren und braugen inserne Minisder nichd lange die Nasse aufziehgen, ob sie ier Gefiel noch schmöken, und gähen mir liber mit ienen zun Hofbreihausbok, damid das mir ien briefen und balt mier oder dem Krigsminister sein Radi hinaufstößt ist es auch das nemlinge Gefiel und kein Unterschied durchaus nichd. Durch dises grißt dich

dein liber Freind
Jozef Filser.

An Hern Sepastian Hingerl Oegonohm
in Haspelmohr bei Brugg.

Mein liber Mentsch durch disses hawe ich beschlosen das meine Schtimme ertöhnen sohl und wiel ich Dir schohn die geischlingen Ferheltnise auseinahnder säzen.

Zun erschten Bunkt ieber die Geschlächter mus ich mit schmärz sahgen, das es leuder sich öfters begäben had, das ein geischlinger Her damid umget wie ein anderner auch oder gleich gahr wie ein ledinger Bauerngnecht. Und klaube ich das es fon dem guthen Esen herkohmt, wo inserne Bfahrer haben und wo ienen ein hiziges Blüt machd, den balst Du schohn ein unferninftinges Geschäbf gahr so hiezig futherst wierd es auch gans bährig und wield.

Ja mein liber Mentsch balst Du inserne Bfahrer anschauxt had keihner under zwei Zendner und ist lauder kernigs Fleusch und durchwaxen mit einen fästen Späk und die Köbf sind ahle brenrot und aufdrieben und plau, intem sie das Blüt so druckt und hawen auch file bazelte Auhgen, wo disses beweust das einer ein guder Gokhel ist aber leuder er derf nichd.

Nach der Frumeß haud der geischlinge Her ein bar Wirschte mid Sembf hinunder und drinkt braf Bier oder Weihn das ers aushalden kahn bis Miedag, wo er Knedl krigt und ein Kalpsbradl und ein bfefferten Salad und ein Hähnerraguh und Kiecheln oder Schmahren und drinkt braf Bier oder Weihn.

Und jez get es bei iem los intem das es nichd so schnehl herausget wie bei dem Oegonohm sontern es get umeinahnd und kohmt ins Blüt und jez muß er in Beuchtstul und drukt ien schtark haber er mus Beucht hörn und fieleicht ist es ein junges Mentsch wo ieren Läbenswahndel ofenbahrig machd und ist oft so schweihnern das es unsereins auch erfreien mächte und erfreit den geischlingen Hern fieleichd auch und frahgt rechd lübreich.

Mein liber Mentsch nacher weist schohn wis oft get und ist desweng einer kein Batsi sontern ein Mahn wo nichd mer anderst kahn und wie mir ahle, plos ist er geweichd.

Oder bald es im Nachmidag nichd so auftrieft und der geischlinge Her ist auf die Nachd ein Gsölchtes und ist schtark gesahlzen und Kraud und drinkt braf Bier oder Weihn und es glopft und kohmt die Kechin hereihn und had ein schtarkes Härz.

Jez fragt sie iem wie das es iem geschmökt had und had iem aber ser gud geschmökt und glopft er ier fohler Giethe hinden und durch disses bleubt ofd die Hand dohrt. Mein liber Mentsch, disses get nicht durch die Rähligon sondern durch die Weisbielder, wo mahn schon kent und file kohmen in Bfarhof zum jahmern intem das der Mahn under der Wochen miede ist und am sontag ist er besobfen und wiel ieberhaubts seine ru hawen den disses ist auch im Türreiche nichd das ein Gokhel plos eine Hähn mag so lang er läbt und jez laufft das Weisbield in Bfarhof und jahmert und der geischlinge Her mus ahles hörn. Disses ist hard und kanz nichd jäder aushalden und einer schohn gar nichd der wo lädig ist und noch keinen Habschei und Graußen for die Weisbielder had dadurch das er ferheirat ist und filles siecht, wo eihner nicht siecht der plos mid

Lübe kohmt auf eine kleine Weule. Haber mein liber Mentsch ich hawe durch disses das jez so file geischlinge Härn fier schweihnern erkahnt werden insern hochwierningen Hern Bfahrer befrahgt woher das es kohmt und er had gesagd mein guder Jozef sagd er disses kohmt durch die Zeidungen wo ahles aufstürn und ofenbahrig machen und sich freien bald sie ins erwieschen. Den sagd er mein guder Jozef frieherszeiten da had die Mentschheid keine so boßhafden Brielen aufgehabd wie jäzd wo sie ahles sähen. Da hawe ich gesagd, das es hald leuder gengen das gelübte der keischheid ist, haber da had er mit lauder Schtime gesagd mein guder Jozef disses ist ein schräklicher ierthum fon die Leite das sie iemer noch klauben, das mier keisch sein missen sontern mier missen es nichd und mier hawen plos das zelabad. Da hawe ich gesagd ob mahn zwegen dem zelabad ahles ferichten derf? Oh ja had er gesagd, haber plos heuraden derf man nichd, sagd er.

Disses mache ich Dir jäzd zum wiesen mein lüber Mentsch weils fieleichd noch nichd weist das der geischlinge Her im zelabad ahles derf und ist der Bedrefende kein Batsi wo sein gelübte ferlezt sontern plos das sexte Geboth wie mir ahle.

Und hawe ich auch schon gedenkt das ein zelabad was schenes ist intem das keine keischheid nichd dabei sein mus und bald einer ferheirat ist da ist er fil liber keisch und had seine ru fon ier haber im zelabad da kahn einer schohn luschtig sein weils nichd alerweil die nemlinge ist. Da ist es keine kunzt.

Die Weisbielder wo es nichd ferstehen hawen das greste Derbarmniß mit den zelabad und klauben das mahn damid heulig ist und derweil sind plos mir die thumen, intem das mir heiraden.

Mein lieber Mentsch jez must Du es wiesen das die geischlingen Hern ahles derfen wie mir und sind aber fiel hieziger zwegen ierer guten Koscht und das zelabad ist kein verbot nichd sontern ein schuzmidel gengen die Folgen der Lübe wo es fier ins im heiraden leuder gibd.

Die keischheid insernes heutigen kadollischen Glaubens giebt es schohn aber plos bei die Kabaziner und bei die Fransiganer und fileicht bei die Benadicktiner und kahn aber plos desweng sein weil disse Mähner eingespert siend und sär wenig zum äsen krigen, und auch keine Kechinen haben.

Daturch kohmt es bald in einer Gegent die unsittlichkeid zimlich schtark ist, das mahn die Kabaziner dariber last zum brädigen und wirst es schohn gehärt haben mein liber wie es auf der kantsel zuget bald so einer anfangt und es die

Weisbilder hinreubt und haben schon ein andernes schmaltz wie inserne Bfahrer.

Disses wird ofd ferwexelt das mahn die Bfahrer fier keisch bedrachtet, und sind es aber die Kabaziner intem es die räligohn so eingericht had das sie im kloschter kein Weisbield zum sähen krigen und krigen sie wenig fleusch sontern solchene speißen wo nichd ins Blüt gehen; das anderne aber wo mahn files esen derf und eine kechin dabei had und eine junge Base auf Besuch und zum kochen lärnen heist mahn zelabad und ist nich so draurig wie die keischheid.

Disses beschtetigt auf wuntsch der biderne Landmahn im Barlamend mit nahmens

Jozef Filser
kgl. Abgeorneter.

Beriechd des kenigl. Abgeorneten Jozef Filser ieber die Reiße auf den krigsschaublatz bedräf das bier bei Waserburg,

An das kenigliche Barlamändszändrum in Minchen im kadollischen Gasieno

hochwiernige Hern Bresadent und Abgeornete! Beträf disser Reiße wo ich mid den kenigl. Abgeorneten Glasl und Irzinger fohlendet habe melde ich gehorsamzt das der kenigl. Abgeornete Glasl im Schbitahl in Waserburg sich befindlich ist und der kenigl. Abgeornete Irzinger im Krankenhauß dahir und ich ein zerbrochenes Nassenbein besieze und ist disses das Ergäbnis inserner barlamendarischen Reiße, und ist auch das linge Auge des underferdigten mit blüt underlauffen und lege ich auch die erztlichen rächnungen bei und ist auch meine Ur im Dienzte zerbrochen.

Auf befäl der barlamänzbardei mus ich es genau beschreim.

Kelobt sei Jessas Kristus aber es wahr eine habscheilige Reiße.

Am Dienztag kahm der befähl des hern bresadent Orderer das ich und der Glasl und der Irzinger mich zu iem begübe und sind mier auch zu iem und sagd er meine härn sie missen auf das schlachdfeld fon Waserburg wo jez der bierkrig ist und missen disses unwissende Folk belären und besenftingen, und bald sie färtig siend mehlden sie das ergäbnis. Und jez siend mir auch ferdig und ligt der kenigl. Abgeornete Glasl im Schpitahl und inser Kohlege Irzinger mus im Krankenhauße ferweulen und auch ich bin ferläzt. Dises ist das ergäbnis, aber sonzt keines und ist auch nimand besenftigt und belärt sontern blos ferläzt.

Mier sint eingestigen im Oßtbanhof in Minchen dahir und hawen schohn dort die feundsälikeiten begohnen intem ein Mentsch durch die finger gebfifen had und schauge ich um und frahge was wohlen sie und sahgt er das er mechte kraudköbfe bei mier bestälen haber mus jeder so gros sein wie mein geschwolschedel und hawe ich iem das landesibliche geantwort wo ich aber dem barlamänd nichd deitlich bezeuchnen kahn.

hochwierninge bardei und geischliche härn forgesäzte!

Um fier ur sind mir in waserburg ankohmen und auch mid gezimender erfurcht fon den beahmten emfangen wohrden und hawe ich disse Leite in audiänz genohmen und frahge ich den bezierksambdman, wo ist der krigschaublaz. Mir sind nahe hiebei sagd er und die flamen des aufrurs gengen den Biergenus läggen schohn an disse stadt.

da hawe ich gefragd ob das Folk ieberhaubts kein bier nichd mähr drinken wiel oder plos weninger, und da sagd der bezierksambman, das gahr kein bier gedrunken wierd sontern wahser und schpringerl und limanahdi. Jez hawe ich gleich erkahnt das die Treie gengen Drohn und Aldahr erschittert ist und das ädle baiernhärz mus fohler unmuth sein bald es einmal limanahdi drinkt.

Ich hawe zum bezierksambdman gesagd, das mier ahle insere Kraft einsäzen wohlen, das der biergenus und die libe zun haußе wiedelsbach nicht erlöschen derf und desweng sind mier gekohmen und frahge ich, wo sohlen mier anfangen zun agatiern und sagd er fileichd in Albaching oder wo sie wohlen es ist ieberal gleich. da sind mier keniglichen Abgeorneten mit der hochwierningen Geischlichkeid und den beahmten ins Wierzhauß gangen damid das mier einen blan endwerfen den had ein geischlinger her gesagd one einen schlachdenblan dierfen mir ins nichd gengen disse feunde wahgen. dadurch hawen mir bis midernachd beraden und hawe ich zerst gemeunt fieleichd bald disse ferbländeten Leite die Schtimme eines barlamendarischen landesfaters fernähmen das sie iere limanahdi ausschbeiben und wider das bier liben und ier härscherhauß und auch das wolwohlen der ädlen Zäntrumsbardei erkähnen und nichd iere kadollische rähligon ferlieren wohlen wengen zwei Bfening fier die Maas. Haber disser geischliche Wierdendräger wo schon ohben erwöhnt ist had gesagd mein liber Mentsch, inserne Worde sind zu schwach fier disse Biffel und hawen ahle geischlichen Härn auf der Kansel fersuchd das sie doch das Folk fon der limanahdi zu ieren angeschtamten bier und rähligiohn zurikbringen haber der zeitgeischt ist so schlächt, das er sogahr dem durscht widerstät.

hochwierninges barlamänd und geischlinge forgesäzte ich mus es beriechden das mir ahle erkahnt hawen das disser saustahl durch den ieneren feind gekohmen ist indem disse Breißen insern folksthiemlichen ferstand ferviert haben dadurch das mir die biersteier genehmigt hawen. Bald der zändrumsmahn zu hauße siezt schimbft er sär schtark iber die Breißen wie es sich gehärt damid das mir als folksmäner gelibt werden, haber bald so einer auf bärlin kohmt ist ahles anderst. der brafe baier draut sich gar nichd sei Fozmäu auf machen, weil es nichd fornähm ist und die groskobfeden breißen, wo auch file adeliche dabei sind lasen ien nichd dischpatirn. Es kohmt ein Graf zu iem oder gar ein fürscht und glopft iem auf der axel und durch disses fergiest er insere angeschtamte häslichkeid gegen breißen und machd eine dämithige fotzen wie der haußgnechd bald ein fornähmer Mentsch aussteigt und der fornähme Mentsch gibt iem sein Gebäck und seine schweren Kofer zum dragen und der folksame Gnecht dragt ahles bald es auch sär schwehr ist.

Disser bairische zändrumsmahn wo in bärlin under die grafen und fürschten läbt ist kein ädles roß das sich beimt und ausschlahgt sontern ein schtieler ox wo seinen haksen hinhalt und sich beschlahgen last und bald er ein schlechtes hufeisen krigt mus er hienken haber derf nichd wiederschbenstig sein sonzt haud mahn ien mid der geißel ieber das fozmäul.

hochwierninge bardei und geischliche forgesäzte leuder disses ist war und mus beschtätigt wern bald mier es auch ins nichd ankehnen lasen sontern im Folke ferbreiden das mir aus bolidik disse biersteier gemachd hawen, wodurch disser Krawahl gekohmen ist und disse refoluziohn gengen das bier und mid der limanahdi.

Indem mir bei dissem krigsrade sär betribt gewäsen sind und nichd gewißt hawen wie mir ins ferhalten sohlen und auch der bezirgsambman nichz gewust had, da ist dem keniglichen abgeorneten Glasl eingefahlen das mir fieleicht einen häktoliter oder zwei bezallen und bei dissem freibier wohlen wir das folk ieberreden. Haber der geischlinge Wirdendreger had gesagd mir missen in jädem dorf ein freibir gäben, sonzt ist es gans gefält und mir köhnen ja die koschten dem barlamänd aufbierden, wo es ja iemer genehmigt bald es fom zändrum ferlangt wierd. Disses hawen mir erkahnt und weil es zur belärung des folkes gehert hawen mir beschlosen das die koschten fier kirchen und schuhlangelägenheid ferechnet werden.

Leuder es ist aber anderst gegangen. Mir hawen in Sünzing angefangen und auch bekant geben das jeder bei disser fersammlung umsonzt drinken derf. Mir hawen gemeint bald disses bairische Folk wider ein bier schmäkt das es dan zurikkährt zur angeschtamten libe zum härscherhaus und die sozi und die limanahdi ferabscheit.

Disses ist auch eingetrofen fon drei ur bis um acht ur wo das freibier gedrunken wahr und hawen ahle leite ins zugehärt und inserne Worte behärzigd, indem mir sie aufgevordert hawen das sie in Dreie fest wider bier drinken.

Haber wie das freibier gahr ist gewäsen und mir geklaubt hawen, das sie es gewähnt siend, da ist ein ögonohm aufgestanden und had gesagd, das es jäzt erst rächt bidder ist fier das Folk bald sie sechsazwanzg bfening zallen missen nachdem das sie umsonzt gedrunken haben und das der bayrische Löbe nichd zur dränke ziet bald er so fiel zallen mus.

Und er had gesagt durch disses bier wo sie jäzt gedrunken hawen krigen sie mohrgen in der friehe einen häftigen Durscht und da ist es erst rächt schmerzlich, bald sie ien nichd läschen köhnen.

Und er had gesagt, das die zändrumsbardei ienen das baradiß gezeugt had durch disses bier wo nichz gekost hat, haber sie dierfen nichd hinein sontern missen sechsazwanzg bfening Eindrittsgäld zallen.

Und er had gesagt, disses bier ist der schpeck wo mahn damid meise fangt und es ist der judaßkus fon disser zändrumsbardei.

Da had der kenigliche Abgeornete Glasl geschriehen das disses eine frächheid ist bald mahn zuerscht ahles saufft und dan schimbft, haber da hawen ien schohn disse ferbländeten leite gebakt und auf seinen Gobf fiele maskriege zerschlahgen, bis das er ändlich genug gehabd had und ist hingefahlen, und dem keniglichen Abgeorneten Irzinger haben sie mid einem wagscheitel ieber den fotz geschlahgen und mid zaunlaten mishandelt was aber nichz gemachd häte bald keine negel darien gewäsen weren, haber es wahren negel darien und durch disse had er auf dem hinderkwartir file streiffen erlidden und auch der underfertigte, wo doch fieles gewohnt ist, had ein par solchene ieber seine nasse erhalden, das disses nassenbein gebrochen wahr auch mehrerne schräge mit einen bierschlägel auf das haubt, was aber plos forieber gähend war.

Hochwierninge Bardei auch Bresadent und geischliche forgesäzte, ich mus es mid schmärz beriechden das der geischliche wirdentreger hinder dem tisch herforgezohgen ist wohrden und ist so geschlahgen wohrden bis das einer geschrieben had jez köhnen es sechsazwanzg schöllen sein und da wahr sein hochwierninges Andlitz geschwohlen wie eine dambfnudl.

Disses ist das ergäbnis inserner barlamändarischen misionsreiße und mus ich dadurch leuder beschtetigen, das die anhenglichkeit an das zändrum nichd mer so schtark ist und das drohn und altahr undergrahben sind durch dissen aufrur mid limanahdi. Disses beschtetige ich auch fier die verläzten keniglichen Abgeorneten und ligt auch eine rächnung fier zwei häktoliter und den Bahder und fier erlitenen dienztliche ferläzungen bei bedreff kirchen und schuhlangelägenheiten

fon eiern liben
Jozef Filser,

fier das zändrum mid glohrie beidelt und gfozt und bleubt aber in dreie fäst.

Mingharting am 22. Aug. 1910

An Hern Matias Glasel, keniglicher Abgeorneter in Eirasburg und Ögonohm daselbs

Liber Hisl

Intem das du durch deine wähe Hakse nichd mär am Barlamänzschlus dich bedeiligt gewäsen bist mus ich es schreim wie es wahr.

Inser Gozöberschter der Orderer had eine anschprache abgehalden, das mahn siecht, fier was mier disses jar in der schtadt sind gewäsen. Ich hab mich selm gewuhndert wie fiel mier fohlbracht hawen und einen solchenen hauffen arbeid gemachd und nichz geschpürt dafon. Wie ers aufzählt had, schaugt es schohn fiel aus und meunt mahn himmelsaggeramänd, und disse Abgeorneten sind sär fleußig. Mein liber Mentsch da mus mahn den unterschid fon der fleuschlichen arbeid und fon der geischtingen arbeid schpanen, intem das mahn es rechd gud weuß bald mahn sex Schtunden mähd hoder Woazen bind hoder auflahden mus und thut dirs kreiz wäh fom buken, haber fon der geischtingen arbeid mirkt mahn gar nichz, und nichd einmal im Gobfe, sontern bald es fohlendet ist und feuerabend, mus mahn es einem exdra sahgen, das es gahr ist und nichd weuter gäht.

Mier hawen einen gansen wahgen fohler gesäze aufgelahden und bald es getruckt ist, mus ein ox schohn scharff ziehgen, das ers ziehgt, haber mir hawen nichd dabei geschwiezt. Daturch erkehnt mahn die geischtinge arbeid.

Durch insern Orderer hawen wir fernohmen, das mier in dissem jar sind sär fleußig gewäsen und hawen auch einen großen sägen ferbreidet durch schteiern und abgahben und disses ist sär gut das mahn es sagt intem das inserne biffel ofd das gegendeil glauhben. Nach dissem lobe fier ins ist die breisferteulung fier die miniester und beahmten gewäsen und had sie der Orderer aufgeruhfen und sind sie dageschtanden fohler Dähmut, das sie es fernähmen.

Den erschten Breis hat sich erhalden und erwohrben Her Antohn Wähner, Minischter in Minken fier Kuhltur. Dersälbige had durch eine härliche Glosterzuchd sich dissen erschten breis ferdient intem das er dreuhundert Glöster neu gezühgelt had und in der haubsache weubliches Bersonahl.

Er had zur anerkehnung seiner Glosterzuchd erhalden ein Diblohm fier sexjärigen Dienscht im Zendruhm mid belohbigung fon seinem fleuß, und seinem Habscheu gengen die Schuhle und die Schuhlehrer. Auch had ien der heulinge Fater und bapscht zun ährengabuziener ernahnt mid der Ferlaubnis zun baarfus gähen. Auch hawen iem die neien frauenglöster midsamen einen Zändner nohnenfierze geschenkt und disses ist aber nichd was Du meinzt sontern was sießes zum frässen.

Auch had er erhalden eine stähende Fahnen als gröster Glosterziechter. Durch disses ist er zufrieden und weuß auch, das mir ien behalden hobwohl jez in der kuhltur keine arbeid nichd zum ferrichten ist, und lasen mir ien zur aushielf was andernes thun.

Den zweiten breis had erhalden der miniester frauhendorpfer fon der Bosd und Eusenban durch sein bestreben fier die wahlfarzorte, das mahn seine Sühnden leuchter hinbringen kahn und seine räusch leuchter herbringen kahn. Und had er als breis erhalden eine stähende fahne mid dem öhlgemalenen Gobfe des schuzbadrohns der bayrischen Eusenban, wo sich Pichler schreubt und bald auch der Gobf schüch ist und leuder gud getrofen, ist es doch bässer wie nichz.

Den dritten Breis had sich erhalden der bolizeibresadent fon Minken und ist disses ein Abziehgbild fon insern gozöbersten Orderer zum abschläggen.

Den fierten breis had erhalden der miniester Mültner fier die juschtiez fier disses, das mehrerne geischliche Hern nichd erwischd sind wohrden, sontern entrohnen.

Nach disser breisferteulung ist sich inser groskobfeter Orderer zu die miniester hingangen und had auch die ahndere, wo durchgefahlen siend, mit barmhärzikeit behandelt, damit das sie mehrer eifer bekohmen, und er had ienen gesagd was sie jez fier aufgahben machen missen, bis die schuhl wieder anget und sohlen nichd fergässen, was sie in disser bäriohde gelärnt hawen.

Dan ist disse feuerlichkeid ausgewesen und die miniester haben ihre zeignisse eingeschtekt und sind gangen. Ich klaube das sie anderst froh sind, das ienen das schräkliche auhge fon insern Orderer nichd mähr zuschaugt, den er schaugt sie an wie die Katse einen Schtarl for sie ien friest. Die andern bedinten des barlamänz sind auch kohmen und haben abschid genohmen fon ins und leuder wahren keine bahdemätchen mer dabei sontern mänliche und zwegen was weuß man nicht. Ob fieleicht wer in Fersuchung ist kohmen und welchener abgeornete eine solchene fleuscheslust besiezt, das er in waser auch keine ruh nichd giebd, disses ist ein Geheumnis, haber ich klaube, das es einer fom zelabad ist, den disse mentschen sind fiel hieziger als wie mir und mir geben im waser schon eine ruh.

Der Trostbärger Maxl had zu mier gesagd, das es fieleichd deswägen ist, das kein geischtlinges mutermahl fon einem mätchen durch das schlisseloch gesähen wird und hinterher sagd sie fieleicht, sie had es wo anderst gesähen. Es ist ein unglick, das die geischlichen Härn gahr so fiel anfächtung erleuden und können sie blos mär im finstern die Hosen umdrahn, den die kochenlärnerin und das basöl und die freilein kechin selbs schaugen zu gärne durch ein schlisseloch.

Der forsteher fon die abdrite had mier ein herzliches läbewohl gesagd, den mir kenen ins gut, und er had zu mier gesagd, bald mir wider kohmen krigen mir auch das nemlinge babier wie die groskopfeten fon inserner bardei, das disse schtandesunterschide verschwienden.

Der Orderer had es befolen, das mir bauernmentschen ein andernes babier missen haben, als wie er und die forschtände, und disses ist häslich, das es sogahr bei dissem körperdeil, wo hir bedeiligt ist einen unterschid giebt.

Durch solchene sachen zweufelt ein brafer untertahn an seinem Drohn und Aldahr, intem das er es nichd begreufen kahn.

Mit dissem Gedangen bin ich fohl gewäsen und bin aus dem barlamänt hinaus und bei der Thiere had der bordiäh zu mier gesagd aufs widersähen machd freide und da hawe ich iem schnubfen lasen und hawe gefragd, was er jäz thut bald kein barlamänt nichd mer da ist. Aber er had gesagd, es giebt imer was zum arbeiden, indem das er dem Orderer seinen Belz einbfeffern mus, das keine schahben nichd hineinkohmen und ieberhaupts gät der Orderer sex mahl im Dag am barlamänt forbei, bald es auch geschlosen ist, und da mus er iem jedesmahl begrießen und wegen dem get er forbei. Intem mier so dischgurirt haben, ist ein wahgen fohler biecher gekohmen und sagd der bordiäh, disses sind eiere rehden, wo ier gehalten habz. Fon mier sind aber blos brafo darien und schahlende Heiderkeid und ein baar mahl sär riechtig, und fon dier ist auch nichz darien als wie Gereische des beifales hoder umgekärt.

Jez kohmen disse biecher auf eine biblatek und bleiben stähen, bis die meise sie frässen, oder fieleichd giebt es speter auch einen bresadenten, wie den Orderer, der wo eichene Abdrite fier die bauern wiel und giebt ienen disse biecher zum benietzen und disses ist die irdische Fergenglichkeid.

Ich hab mier gedenkt, ob nichd fiele Reden schohn an dissen ort gehären fors gehalden siend und dan bin ich auf die Eusenban, und bin luschtig heumgefaren.

Der Habern ist noch nichd gans herien gewäsen und hawe selm zugreifen missen und da habe ich gesähen, das ein fuder Habern mer blage ist zum auflahden als wie zähn monath barlamäntarisch sein.

Und ist aber auch niezlicher, intem das mir mid dem Habern die roß futhern können, und das, was ahles ist im barlamänt geredet wohrden, frässen blos die meise.

Und bei disser arbeid kahn man den Orderer nichd braugen.

Ich bien anderst froh, das ich in meinem schtalle herum gähen derf und da giebt es keine bresadenten und bald eine gloken läut ist es fon einer ku, die auf die waide get und friest und bald sie was fahlen last ist es auch ein miest, aber ein niezlicher und bässer, als wie der anderne, den wo mahn im barlamänt zusahmenredt und in die biecher trukt.

Hofendlich bist du auch gesund und wierd dein haksen bässer und sind mier wider nizliche mentschen und ögonohmen und bfeifen auf den Orderer. Es grießt dich

dein liber Kohlege

Jozef Filser.

An Hern Sepastian Gneidl,

Oegonohm und kenigl. Abgeorneter in Sinzing

Bosd daselbs

Mein liber Mentsch du glaubs nichd wie file disses wohlen und mit Herzn begern intem es die regirung fon bayern bedeitet, bald er auch kein Krohne nichd had.

Der erschte wo es wohlen had ist der Bichler, haber weil ien keiner schmäken kan blos er selbs, ist er abgefarn und haben mir drei Anwärder auf disse stehle, wo mir noch nichd wisen den welchen mir agaschirn. Disses sind der heutige Alisi Frank fon der Eusenban und der Lärno und der freiberg wo gengen die fleuschliche Sinde den grösten foz had.

Der biderne Landmahn mag ahle nichd, hobwol sie ins rechd schmeigeln und auf der axel globfen und ein sißes Mäul haben.

Geschtern hat der heutige Alisi bei mir geschtanden und had gesagd wo der Nodschtand am gräßten ist das barlamend am nächschten und had auch gefragd nach mein Habr und Gerschte und hei und krumat und graudköpf und kardofin und had eine midleudige blätschen gemachd als wans mir ferhungern missen oder er selbs und ich hab ien getröst das es schon noch Kardofin gibd zum schweunern und Kraud und die Knädl waxn auch noch in der Schissel Gozeidank.

Mein liber Schpezl da must lachn wie die groskofeten jez wähleudig sind mit ins als wan mir blos säkleibn zun frässen haben und heischröcken wie die heuligen Abostl in der Wieste und ist ahles blos damit das der landmahn durch disse Drokenheid nichd sper wird gengen das zäntrum.

Liber Schpezl ich klaube das mir den heutigen Alisi zum Fürstand agaschirn, weul die andern auch nichd beser sind und aus bolidik gengen frauentorpfer, damid das sein Untergäbner sein fürgsezter wird und er aus gieft adjä sagd.

Ich weuß es nichd, was sie gengen dissen Eusenbanminischter fier einen Heindel habn und ist mir auch wurscht, bald es gengen einen Minischter get, freit es mich zwegen der Gaudi.

Sonzt weis ich keine bolidik nichd zum ferzälen als das in der Zeidung schtet, das mir in dissem Jar ganz wennig zun thun hawen und bald auseinand gehn missen. Disses klaube ich nichd indem ein wenig teug lang werd, bald man ien auseinander ziegt und rechd dinn machd und mier haben Gozeidank schon disse barlamendarier wo einen Dräg auseinand tretten könen. Gozeidank.

Du brauxt keine angst nichd zum haben, das mir schnel ferdig wern und der Orderer hört nichd auf und er find schon eine arbet, bald auch keine mer da ist.

Liber freind jez mus ich dir noch schreim, das ich zun lezten mahl in barlamend bin, indem das ich eine feundschafd mit insern Bfarrer habe, haber nicht zwegen dem Bfarer selbs sontern seiner kächin und had er schon fon der kansel ferkünd, das ich kein Ferdrauen des gadollischen Folkes nichd mehr ferdiene. Auch hat inser Bfarer mir geschriem, das ich auf der schtele aufhörn mus und abdange und ich hab iem geschriem, das es draurig ist bald die Geischlichkeid fon einem kuchlmentsch komadirt wird und ich bin nichd so dum das ich mich zwegen einen solchen Weisbild in ein Maußloch ferschlife und bald er darin ist kahn ich nichz dafier.

Und zwegen seiner kächin bin ich nicht ins Barlamänd gangen und zwengen ier geh ich nichd herauß, sontern bleiwe keniglicher Abgeorneter und das näxte mahl schreiwe ich dier warum das ich auf einmahl nichd mehr gadollisch sein mus. Da baß auf!

Es grießt dich

dein liber Freind

Jozef Filser.

An Hern Sepastian Gneidl

kenigl. Abgeorneter im uhrlaub

in Sinzing, bosd daselbs.

Du kanzt dier schon einbieldn das es eine weisbildergeschicht ist, den durch disses Folk ist ja seid anbegien der weld keine ruhe nichd und bald du meinzt du hast deine gribige ruhe ist schon der teifl loß.

Mier mähner läben in friden zusahmen und wohlen terokn und kegl scheibn zusahmen und frelich sein und bald mahn einmahl erziernt ist gegen einahnder sotan fozen mir ins ein pißchen und siend aber wieder gud und frelich zusahmen. Aber disse weisbilder sind bisige hund, die wahn sie einmahl zusamen gerauft ham, einander iemer die zehne flätschen und knuren und gibt es keine fersänung nichd mer.

Es falt einer jeden ein das sie ist gebisen worn und wider beisen mus.

Mein liber Mentsch ich wiel es dir bekehnen das meine bäurin mit der bfarerkechin in krieg ist wegn nichz, als weil sie ir mäul nichd halden kenen. Auf Georgi ham mir ein neien kobrater krigt mit nahmens Alisius Fetter wo aber kein fetter nichd wahr sontern ein zaundirrer wie er zu ins gekohmen ist und heußt mahn ien den kreuselten Alisi indem das er kreuselte har had wie ein budel.

For er zu ins gekohmen ist had er ein baar hungersnöth und Teierung midgemachd und die siben magern jar in Egibtien, den so wi der had fresen känen das glaubzt du nichd und ein läberkas so gros wie ein zigelstein had er unterm gebedleiten schnabalirt.

Aber nach sex wochn had er schon angesezt, das mahn sich wundern mus, indem das mahn sich als ögonohm doch auskehnt und futert mahn in sex wochn nichd leichd so fil hin wie an den kreiselten Alies.

Bald es iemer so anschlahgen wierde, dan wär die landwirdschaft ein gutes gescheft und disses had auch ein jäder mentsch in Mingharding gesagd, und bald der kreuselte Alisi ieber die straß gangen ist, habn die leite iem nachgeschaugt und geschäzt das er wider eunige bfund mehrer had.

Der bosdhalder had es ins ferathen, das die bfarerkächin dreu bfund fleusch mer hohlen last im Tag und die Staldirn sagd, das die henen zwei lecher braucheten zun eiherlegn und wär noch zu wenich.

Dadurch fragd mahn waruhm? Aber mir mansbielder habn stiel darieber geredet und einahnder angestoßen und gelachd.

Aber die weißbilder kehnen es nicht halden und durch disses sagt meine bäurin zu der Obesser Kathl, wo bei ins auf der ster naht, das inser bfarhof ein guther Stall ist fier einen Kobrater zum feth machen und fileichd ist es aber nicht guth balt mahn einen geischlingen Hern so hiezig futhert und ob fileicht die bfarerkächin foler krischtlicher libe ist zu insern kreisleten Alisi, das sie ien gar so einhabert.

Disses ist gewäsen an einen Donerschtag und an Suntag ist die bfahrerkechin bei der kierchenthiere geschtanden und had rechd laut gesagt wie meine ahlte forbei ist da geht das abscheilinge Stuk der mahn die Zung mid gliehenden Eusen brehnen mus und den kreisleten Alisi had die brädigt trofen, und er sagd auf der kansel, das es in mingharding schlangen giebd die wo gifftiger sind als wi di kreizodern den si schtechen fon hinden und sie schtechen die brister des härn.

Und bei dissen wohrten had er sich umdrat und meine bäurin so deitlich angeschaugt, das es ahle gemärkt ham und ich auch.

Mein liber Mentsch jez kanzt dir dengen wie es bei mir daheim zugangen ist und wie meine ahlte die schisseln herumgeschmiesen hat und da ist auch schohn der befell aus dem bfarhof kohmen ich mus auf der schtelle hinein und ich bin hinein.

Wie mir die magd aufmachd schebbert es auch in disser kuchl und es schreut wer, das der geschärte hamel seine stifl abbuzen mus und disses wahr die kechin.

Und der bfahrer had gebrillt, ich mus auf der schtelle abdangen oder ich mus die bäurin briengen das sie kniefehlig um ferzeiung fläht bei der kechin. Ich habe gesagd das ich nicht abdange indem das ich nichd der Abgeornete fon seiner kechin bien sontern fon insern wallgreis und bald er wiel das die zwei weißbilder zusahmen kohmen sol er es brobirn, und ich mag nichd den das meine bäurin hinkniegelt klaube ich nichd aber das seine kechin iere hahre ferlirt klaube ich und bald sich zwei beußen wolen mus mahn sie anhengen aber nichd zusahmen lasen.

Da had er gesagt er kent mich jez und ich bien auch ein gifftiges Gewierm dem wo er auf den kobf tretten wiel wie der heutige Aerzengel dem Trachen und da habe ich gesagd, er sol seinen Trachen einen mäukorb anhengen bald er schon so dapfer ist und mid einen Trachen kembfen wiel und dan bin ich ford.

Liber Schpezl jez had er ein rähligionskrig gegn mich angefangn und der kreislete Alisi hielft iem dabei und aus den kadollischen Burschnferein hawen sie mich hinaus geschlossen durch einen brif, wo es heußt, das ich als schlächter son inserner Muther kirche befundn gewohrden bien, und an ahle Geischlingen fon insern bezierk had er geschriem, das mahn sich mid habscheu fon mier wänden mus. Der Gabidforstand Angerer fon Zillhofen had mier dissen brif selm gezeigd und had gefragd mein liber sohn fragd er, was habens den gethan? Und ich erzels iem und er sagd, ja mein liber son, disses ist eine sähr schlieme Geschichte fier dich, den der kleibige Krischt mus iemer und iberahl den Gehorsam bezeugen gengen die geischliche Obrikeit, und hawe ich gefragd, ob auch die kechin dabei ist und sagd er jawoll, indem sie ein glid des bfarhaußes ist und gewiesermasen der geischlingen familli. Und da hab ich gesagd, das ich insern bfahrer ofd ein Mietel ferraden hawe damid das der freilein kechin ier grobf ferget, das sie ien mid hundsschmaltz einreubt oder ein keischer Jüngling mid Kazendräg auf den nahbel und da wahr ich ein guther Kadollik durch disses.

Aber jez mus es filleicht der kreislete Alisi ferichten und ich bien in ungnad gefahlen hobwol ich gahr nichz gesag habe sontern die bäurin.

Da had er gesagd selbzt wahn einer klaubt, das iem unrechd geschiecht fon der kierche mus er es als liebreuche briefung hinnähmen und seinen bfahrer dankbahr sein.

Liber Schpezl da kanzt nichz machen, den sie haken einahnder nichd die Augen aus.

Jez bien ich froh, das ich in Minchen bien und disse geischliche familli nichd mer anschaugen mus, den Schanderl und seine grobfete kechin und sein kreisleten Alisi.

Hier ist es eine grose Gaudi im barlamend und had jez ein dapferner Mahn der minister einen esel geheußen woriber mir ins ahle sär gefreit hawen, das beim zändrum disse dapferkeid härrscht. In Gasino war ieber dissen siehg ein freidenmahl mit spansäu und merzenbier und hawen mir dissen Held iber sein groses fozmäu gradaliert.

Nach die spansäu wahr eine geheume siezung, wo ausgemachd wohrden ist, das bein näxtenmal ein zändrumsmahn den minister auf die kierchweuh lahden mus und diser Held, wo disses folbringt mus erscht durch das los beschtimt werden.

Bis jez haben sich fürzehn gemäldet, wo es sahgen wohlen, es derf aber blos einer.

Liber wastl sohl ich dich auch anmehlden, fier den Fahl das dein haxen wieder guth ist köntest du es schohn machen, bal du das los gewienst und köntest auf disse weuse auch einmahl eine red halden, das dein wallgreis eine freide had und deine fehigkeiden siecht. Ich habe mich auch gemeldet und freie mich, bald ich iem auf die Kirchweuh laden derf.

Aber du hasd einen schwahger, der geischtlich ist und fieleicht hast du durch disses eine Fiersprache und derfst ohne loos.

Dir ferguhne ich es haber sonzt keinen. Leuder had inser held seine esel zurikgenohmen zum scheune, aber die kierchweuh nemen mie nichd zurik; disses ist beschlosen.

Mein liber mentsch, jez mus ich aufhörn; kohme bald und wehrde gesund, das du deine ährenpflicht erfielen kanst gengen die ministr, und iebe dich zu hauße ein und lade ahle auf die kirchweuh, so wie ich bien

Dein liber Freind
Jozef Filser.

Wähklahge über das aufgläste barlahmend

Auwä zwik! Wer häz denkt indem das mier so freidig zum Oktohberfescht das barlamend eräfnet ham das mir schon auf mardini heim missen? Auwä!

Jez is gahr mit insern griebigen Tahrok und kenz eich dengen mit wälchen Gefiehlen das ich heum kohmen bien und sagd meine bäurin zu mier, Gozeidank das da bischt Jozef, jez kanzt du ohdel farren und mischt farren und ist gescheiter als wie das du bein mischt räden dabei bist.

Meine liben leit, den fürzenten nofember bin ich aufgläst worn und an sächzenten bien ich schon parfießig auf mein mischthauffen geschtandn und hawe foler wämuth gedenkt, bald du jez nicht aufgläst warst nacher warstu nichd auf ein mischthauffen sondern in der Prahnerschtrase und nacher stand ich nichd neben ein saubärn und der loaß sontern nebn insern hochwiern hern Piechler und die andern grosen mähner fon bayern. Meine liben leite, disses schmärzt aber sär heftig, bald mahn es riechdig betrachd. Z Mingharding hawen disse unferschemten mentschen eine grose schadnfreide und spoth bewissen und indem das ich geschtern auf die bosd gangen bien, damid das ich jez schon das Folg aufklehre ist der sixnsimmerl beim tiesche hiebei gesäsen und had mich ausgsungen,

hams kammer auskiehrt
Und de gschehrten naus gspiert?

Mögst gern wieda nei?
Werd aba kam aso sei.

Und der schusterwaschtel had gesungen.

Wer häzi dös denkt,
Abar ös seiz jezt gschlenkt
Wer hät dös fermoant
Abar enk hams higloahnt
Und aa wi d leit sagn
Enker fozen hergschlagn.

Durch disses bien ich erziernt gewohrden und sahge ich du spineder afe bald ich und die minischter mizamen schtreiten ist es bolidisch und braugen mir keinen sollchen dazu und bei inserner bardei braugen mir kein hanswurschtn. Mir sind ins selbs genug. Und da sagd aber der bosdhalter zu mier, mein liber Jozef sagd er, du bist jez kein stazmentsch nichd mer sontern ein brifatmentsch sagd er und folge dessn sagt er derfst dein fozmäul nichd mer so weid aufreisen sagd er und sinscht mus ich es machn wie inserne regirung und mus dich hinausschmaisen, haber sagd er du weist es schohn liber Jozef bei ins einfache bauernmentschen sagd er ist es anderst als wie bein minischter bodelwies sagd er der wo bloß die Thier aufmachd, sontern mir backen dich bein Gnack sagt er und schlangen dir die baterie her und las es liber gud sein sagd er, weil du ein brifatmentsch bist.

Durch disses hawe ich gleich bemergt wie schnel oft die mentschliche Gröse ferschwiendet und das ich jez bloß mer meinesglaichen bien.

Disses schmärzt ser häftig.

Wer ist schuhld daran das mier jez auf dem mischthauffen sich befiendlich sind?

Zuerscht ist der Piechler schuhld.

libe leite, es gibd file die wo klauben mir sind bein Zändrum die briederlein wo einahnder liben.

Disses ist falsch, den bein Zändrum kenen mier file einander nichd schmeggen, und sind häslich auf einahnder und drat sich der mahgen um.

Disses ist aber bloß nach ienen, und nach ausen sind mier der schtarke Tuhrm.

libe leite, durch disse feschtigkeit ist aber das unglick herbei gekohmen und bien ich auf den mischthauffen gewahndert.

Was get es ins an bald der Piechler mit sein alten schpezi und Eusenbanminischter sich zerkrigt?

Gar nichz get es ins an.

bis zun fürzenten bien ich fohler freide und schnakelfidöll gewäsen und hawe geklaubt, es get so weider das mahn sein gäld einschibt und sich die fieße wahrmt in siezungssahl und hernach sein Haferltarogg machd oder ein blokahde. Auf einmahl kohmt eine brozäsiohn fon lauter minischter in den siezungssahl und der bodewiesl lest was for und ich denge mier gahr nichz dabei als wie fon mier aus. Und da stößt mich der Eusenberger an und sagd, mier missen jez gähen und mier sind aufgläst.

Was bien ich? hawe ich gefragd. liber Jozef sagd er du bist aufgläst und leuder sagd er ich auch.

Ja hergozapperamend sahge ich, da geschpühre ich aber nichz, das ich aufgläst bien. Was heist den disses sahge ich.

Das mir aussi missen und scheihden fon disser Schtätte inserner würgsamkeid, sagd der Eusenberger und da hawen die sotsi und lieberahlen brafo geschriehen und inser bresadent Orderer had seine Zehne gefletscht. Jez had es mier gekraust und ich schpahne was, das es aus is und gahr is und ich mus in die Heumath zühen.

Da bien ich zu insern hochmächdigen bresadent Orderer hingangen und hawe ien bein ermel gezubft.

Er isd aber sär wield gewäsen und schprichd mid schtarker Stieme was wohlen si?

Enschuldingen sahge ich ist es war sag ich das ich aufgläst bien?

Machen si das si hinwäg kohmen brillte er und schaugte mich an das es mier schlächt wohrn ist wie einen künihasen den wo eine klabberschlange anschaugt.

Aber ich hawe mir gedenkt ich mus es doch wiesen zwegen was das ich in die heumath zühe und ich hawe ien noch einmahl gezubft.

Da had er mid dem fuse geschtampft und had gebriellt was wohlen si noch iemer?

Enschuldingen sage ich, blos das ich es weis sahge ich ob ich aufgläst bien.

Er had sein zehne hergezeugt wie ein dakel dem wo mahn sein Gnochen wegnähmen wiel und had geruhfen ob ich wiel das er mich durch ein Hausdiner entfärnt und had geruhfen hinwäg hinab hinwäg.

Da bien ich zun Piechler hingangen und frahge ien das nemlige.

Er had mir gahr keine andwort nichd gäben sontern had sich umdrat.

Und da hawe ich gahr nichd mer gewißt, wie ich darahn bien und da get der her folmahr bei mier forbei und er ist freulich ein sozaldemagrat aber ein mahn des Folkes und ich frahge ien enschuldingen her folmahr ist disses war das ich aufgläst bien.

Er had ganz gudmietig gelachd und sagd ja freulich sagd er, mein liber kolehge, mir sind ahle aufgläst.

Ja zwegen was frahge ich, intem das doch mier kein krig nichd ham wehrden als wie die Italähner und Tirkeln?

Ein krieg hawen mir schohn sagd er zwischen ienen und das minischteri.

Zwegen was frahge ich.

Ja sagd der her folmahr und lachd, disses sagd er wissen sie ja beser als wie ich und dan ist er gangen.

Aber durch meinen schpezi den Gneidl Sepastiahn bin ich es iene wohrn, waruhm das mir insern schenen Aufendhald in Minken ferliehren und die dihäden zun tarogen.

Bis zun fürzenten nofember ist das ganse minischteri auf den bfif gangen und wahr folksahm haber inserne Groskobfeten hawen die fienger nichd mehr aus der fozen gepracht und grad gebfiefen und herein geschrieben. Da siend die minischter handscheih gewohrden und intem das auf die lezt eihner ienen geschimbfd had, ist disses dem minischteri auffählig wohrn, das der lakel aleweihl frächer werd, bald mahn iems hingähen last.

Da ist insern groskobfeten eingefahlen, das sie es missen brobiehrn, wie fil frächheid in einen minischter hineihn get.

libe leite, disses weis jäder das bald ein Maskrug fohl ist nichz mer hineihnget, und in den minischter ist auch nichz mer hineingangen, sontern er wahr schon fohl. libe leite, balt mahn ein bar schtarke oxen for einen wahgen schpant, ziehgen sie ien und inser zändrum had den Stazwahgen gezohgen.

Aber durch disses bald die oxen auf ein hinternis kohmen und mergen es nichd sontern ziehgen noch schterker an brichd fileichd die Deixel und es ist gahr und mier hawwen auch gemeunt es mus ahles gehen und ist ins die Deixel zerbrogen.

Jez stät der Stazwagn da und die oxen stähen auch da. Und wer weuß es ob mir noch einmahl eingeschpant wern.

libe leite ich mus eich erzäln wie es einmahl bei ins zugangen ist in Mingharting bein bristerjubaleum fon insern bfahrer.

Und da had der schmid kohrbinian ein feierwerg machen wohlen damid das es rechd schen werd und recht schnalt.

Zuerst ist es gud gangen, haber da zind der kohrbini einen rakhäten an und gät aber arschling hinauß und ferbrent iem die fozzen und farrt der wierthsleni unter die rökhe und waß es da ahles ferbrent had weuß ich nicht zwegen der schahmhaftikeid. Meine liben Leit gerahde so ist es ins gangen.

Der Piechler und der grosmaulede Oßwald haben auch ein feierwerg anziehnden wohlen zu ähren fom zändrum, haber die greste rakhäten ist ienen auch arschlieng hinauß und had ins ahle mizamen ferläzt, das mier mid der ferbrenten fozen dastähen und schaugen wie die schwaiberln.

Disses gift mich am irgsten das es in der zeidung stät, das mir alesam ins bedeiligt gewäsen siend wo disses beschlosen wohrden ist. Disses ist nichd war.

Ins biderne ögonohmen ham die groskobfeten ieberhaubs nichd gefragd indem das sie ins ja nie frahgen.

Mier hawen in der sälbigen Zeid terokt und der gnaidl had noch gesagd, basts auf sagd er und ich hab was leiten hörn, das eine siezung ist gengen das minischteri und ich hawe gesagd disses ist mier wurscht und mach ein mahl das du gibzt und bald du wider die Härzas hinunder miescht mus ich dich rechd herschlahgen und er sagd wo hawe ich die härzas hinunder gemiescht und ich sahge thu dich nichd ferstehlen du hunzheiterner Hamöl du habscheilinger und ich weis es schohn waruhm das du zun erzehlen anfanxt fon der siezung und der bolidik damid das mier nichd aufbassen auf dein mieschen mein liber.

Disses wahr ales was mier gesprogen hawen inbedräf der bolidik und jez stät es ieberahl das mier ahle mizamen in dreie fest gengen das minischteri ins befiendlich gewäsen sind.

Der asam simmerl wo nichd bei ins gewäsen ist sontern im Gasino had bei der siezung dabei sein wohlen aber sie hawen ien nichd hineun gelasen sontern bald er den schedler fragd was habz den heite sagd er nichz fier dich und haud iem die Thiere for der nassen zu und dann ist noch ein kadoliek fon der bost und Eusenban kohmen, den had er auch gefragd, fier was da eine siezung ist und waruhm das er als zändrumzmitglid nichd dabei sein derf.

Weils dich einen Dräg anget had disser bostbeahmte gesagd und weuß mahn schon wie grohb disse mentschen siend indem sie es hinder die schahlter nichd anderst lärnen. Aber jäz gez ins schon was an indem das mier aufgläst siend und inserne Dihäden farren lasen missen.

Meine liben Leite ich lase schon ofd was farren haber disses ist doch zu fil, das mahn seine bension ferlirt fier ein ganses jar.

Fier was siend mier den die abgeorneten des bayrischen faderlandes?

Zuerscht wie der rägensburger seine äsel had danzen lasen wahr ahles fohler Freide und ein geischlinger her fon der Oberbfals had gesagd, jez mus es noch gröhber komen und ein tichtiger landmahn mus den Bodewiesl das bekannte wo mahn nichd schreihben derf andragen und erscht dan ist die härlichkeid der bardei folstendig.

Da haben sie ins geschmeigelt das mier es sahgen und mier häten zu ähren insernes Faderlandes disses schon folbracht, haber auf einmahl ist es nichz mer gewäsen.

Im Gegendeil bald mahn es riechtig betracht had es jez das minischteri ins angedragen und bald ich nichd aufgläst wär gewohrden und meine dihäden nichd gabut wern häz mich narisch gefreit das es das minischteri insern groskobfeten kreizweuse andragen hat. Ich häzi auch schon daruhm bitt.

Meine liben leit wie ich aus der kahmer hinauß hab wohlen und fohler schmerzen wahr ist ein Haußdiner zu mier her der pauli heußt und sagd zu mier Jozef sagd er maxt noch einmahl schnubfen? Und hald mier seine Dusen hien und ich nähm ein bris und dischkariere mit iem. Bauli sag ich jez is gfeit, wer weuß ob mir ins widersähgen und er sagd Jozef sagd er es seiz schäne rindfiecher das ier in winther das gwardir aufgebz. Mein liber bauli sag ich fier so thum must du mich nichd anschaugen das ich freuwielig gäh. Häzt hald gredt sagd er und die ahndern wo in der Schtadt bleiben wohlen und häz eich nichz gefahlen lasen. Bauli sag ich disses ferstähst du zu wänig indem das mier ahrme bauernmentschen in den Tuhrm des Zändrums eingespiert sind und inser Gefengnisdirektar ist der Orderer fon dem mahn eine erlaubnis hawen mus bald mahn ins freie gähen wiel. Auwäh sagd er da mächte ich nichd bei enk sein und ich sahge, ich bien ja auch plos zwegen der ferbflägung dabei gewäsen. Jozef sagd er schnubfe noch einmahl zun abschid und bald du widerkomst bringe mier auch ein gesälchtes mid.

Da ist ein mahn bei ins forbei gegangen und der had so geknurd wie er forbei ist und ich hawe ien aber nichd gekent und ist mier aber schon das knuhren bekant gewäsen. Der bauli stößt mich ahn und sagd hergozakerament schauge dissen mahn an disses ist ja der Orderer. Da ist mier ein liecht aufgangen weul er ja imer knuhrt bald er mich sieht und ich hawe ihn bedracht. Er had sich geschwiend sein barth rassieren lasen und is gans glat gewäsen wie ein benefiziad oder ein geischlinger här oder wie eine gerubfte hänne und er had eine plaue briehle aufgehabt und seinen belz had er nichd gehabd sontern ein hafelog und kein Ziliender nichd sontern eine sporzhauben damid das ien nimand nichd kähnt und das folk fileicht iem zun abschid eine feschtlichkeid gibt und den ziliender eindreibt oder seinen belz mit Drägbatzen anschmaist.

Meine liben leit ich hab iem zugeschaugt wie er hinauß ist aber nichd wie sonzt wo er den Gobf häbt wie ein Gokhel sontern er ist hinauß wie ein rentahmtsbothe oder ein adfikatenschreuber wo im nexten haußgang fileicht sein radl eingeschtelt had und er war gans klein und gahr nichd mehr grosmechdig.

Meine liben leite disses ist die bolidik fon die Groskobfeten das der geischlinge Wierdendräger bein Landtag hinausgeschmiesen ist wohrden und der bresadent mus mid einer plauen briele fortschleigen und der biderne oegonohm ferlirt seine dihäden und mus auf dem misthauffen stähen. Disses ist das resuldath fon ierer gescheidheid und so kenens mier auch bald mier auch keine ladeinische fozen hawen und bald mier auch nichz gelärnt hawen wie läsen und schreim haber das rächnen hawen mir auch gelärnt und häten es nichd so thum gemachd das die Dihäden hin siend.

Disse groskobfeten kenen mich auch und nichd blos das minischteri.

Jez is gahr mid dem regirn und dihäden einschiben und mier missen ahle wieder da schtähen mid dem hude in der hand und betheln das mir gewält wern.

Aber fileichd kohme ich wider hinein und fileichd derf sich der Orderer wider sein barth waxen lasen. Adjäh! Läbe woll auff widersähn machd freide! Adjäh!

An das heulige Ohrdenariath
zu händen fon insern heuligen Vather und Aerzbischopf.

Minchen
bosd daselbs.

Aigene Angelägenheid
des Emfängers.

Taminus fobißkum!

haläluha sägulo sekalorum!

heulig! heulig! heulig!

Alerhochwirningster her ärzbischopf durch disses mus ich ienen aigenhendig schreim und meine schtime zu ienen erhäben bald es auch hoch hinauf get, aber indem mir mid insern Hergoth reden missen, klaube ich das mir mid insern ärzbischopf auch reden derfen.

Und bald mahn eine klahge had gegen den knächt get mahn zu seinen härn und durch disses gehe ich zu ienen zwegen insern bfahrer und sählenhirth. Disser Man heußt Emerahn Schanderl und ist bfahrer fon Mingharding zeid fürzen jahre und zuerscht hanzam und riechtig auch foler Dämuth und krischtlicher bekäntnis und iberhaubz so das iem der bapscht ein guthes zeigniß gäben mus und mir auch.

Mid der fozzen had er nichd gud füri gekont indem das er so hard schnaubfen mus dadurch das er drithalbe zänthner wägt und fiel späk am halße sich besiezt.

Aber disses machd nichz und freit ins sähr bald die brädigd kurtz ist und mir wahren zufriden mit dissem sählenhirth und hawen auch nichd gemuhrt, das er beim beichden eine sähr schtarke ausdienstung fon sich geben had, sontern mir wahren zufriden und krischtliche schahfe wo sich gern schären lasen.

Alerhochwirningster her ärzbischopf und jez mus ich noch beriechden das er eine kächin bei iem had mid namens Emeränsia Schleibinger und auch ein schtarkes weißbild, wo mid iem schon bald die fimbf zänthner fohl machd und auch einen krobf besiezt der wo so gros ist wie ein fohler tabakhbeidel. Fier dissen krobf hawe ich file Mithel gewißt und angäben das er fergät, haber er ist nichd fergangen sontern noch forhanten und fileichd ist sie desweng häßlich auf mich und auch noch sonzt wägen was. Indem das mir einen kohbrater hawen so sich alisius schreubt und mahn heußt ien den greisleten alisi wengen die hahre wo greislet sind als wie auf dem pukel fon einen schafbokh.

Alerhochwirningster her ärzbischopf jez kohmt es.

Disser alisi und die Emeränsia hawen einen krig mid meiner bäuhrin angefangen und missen sie nichd klauben, das ich ahles lobe was sie had sontern ich weiß schon das sie die krankheid fon ahle weißbilder had und beußt und knuhrt und eine abscheilinge drägschleidern besiezt bald sie mahg haber durch disses mus ich bemergen das sie rechd had indem das sie behaupt das der greislete alisi nichd umsinscht fon disser bfahrerkechin so fiel fleusch zun frässen krigt sontern mahn weis schon waruhm.

Inser hochwierninger her bfahrer weis es nichd sinzt mechte er schon wie ein alder gokhel den jungen ferdreiben, aber er hilft zu disser Emeränsia und had mich fier einen schlächten kadollikhen ausgäben, weil es die freilein kechin befollen had.

Indem ich aber kristgadollischer abgeorneter gewest bien und jez leuder aufgläst hawe ich fier inserne heutige muther kirche eine wallfersamlung folbracht in Sünsing wo eine stunde fon mingharding ist beim rapenwirth, wo mich ersuchd had das mier was thun fier insern Glaubn und das sein biehr auch getrunkhen wird.

bei disser Fersamlung ist auf ainmahl inser her bfahrer erschinen gewäsen und bald er auch sonzt wegen seinen schnaubfen nichd brädigen kahn, had er bei disser fersamlung sähr häßlich gesprogen fon mier und had gesagd das er ein andern mentschen fier dissen wallgreis bestiemt, ein mentschen sagd er der wo kadollisch ist had er gesagd ein mentschen der wo ferstand had sagd er ein mentschen der wo sein härz fohler liebe had fier bayern und fier den Bapscht, sagd er und disses ist der greislete Alisi.

Alerhochwierningster här ärzbischopf, disses ist eine häsliche boßheid auf mich, indem das ich schon fiel gäld ferspilt hawe dadurch das mir aufgläst sind und jez wiel der her bfahrer mich gans hinaußschmeisen aus den barlahmend.

Da bien ich aufgestahnden und hawe gesagd gelibte zuhärer und meine härrn sag ich bald inser lübreicher Her bfahrer auch ein hirth ist sag ich, sind mier desweng nichd lauder schahfe hawe ich gesagd, aber mier sind schahfe bald mier dissen greisleten alisi wälen, der wo erscht zu ins herein geschmäkt had und sag ich for ein halben jar had er noch kein andern abädid nichd gehabd als wie auf ein schweunerns mid graud oder schmaltznudeln und jez sag ich häthe er abadid auf das barlahmend und dihäden aber da mus er sich das mäu abwieschen sag ich den mir brauchen ein mentschen wo die nodleidende landwierthschaft kent sag ich, ein mentschen der wo ein schönen breis fier die millch heraußschlagt ein mentschen der wo den fiehbreis nichd herunder kohmen last und disser alisi hawe ich gesagd weuß nichz fon insern haußthieren als das mahn sie frässen kahn sag ich.

Gelibte sag ich, disser mentsch bien ich und bleiwe ich und gadollisch bien ich auch, indem ich fier disses mein tauffzeignis aufweisen kahn, haber sag ich mein zeignis ist fon einen bfahrer unterschriem und nichd fon einer bfahrerkechin.

Alerhochwirningster här ärzbischopf jez mus ich es leuder beriechten das ier knächt wo inser sählenhirth ist, sich fier einen haußknächt aufgefiehrt had und heußt mich einen rinzlädernen Dräghamel wo das heuligste beschmuzt aber fieleicht hawe ich das heuligste nichd da, wo es die Emeränsia had sontern ich hawe es wo anderst.

Alerhochwierningster här ärzbischopf sie wiesen es guth das mir ins fiel gefahlen lasen fon inserne geischlingen hern aber es härt auch einmahl auf und bei dissem rinzlädernen Dreghamel härt es bei mier auff und durch disses beschwere ich mich bei ienen über den hern Emerahn Schanderl und der ausschus fon Sünsing beschtätigt es mid underschrieft und biethen sie auch das sie einen befähl herauslasen, das ich ein son der muther kierche bien und kandiethat fier dissen wallgreis und biethen auch das sie mietleid haben mit der hochwierningen bfahrerkechin und nichd den greisleten Alisi in die schtadt zun barlahmend lasen, den ich bien kein mentsch der wo kain erbahrmniß kent sontern ich libe meine feunde.

Theo gratzias.

Hosie anna. Sekala sekalorum.

Kloriah ien exsälzis!

heulig! heulig! heulig!

fon ierem befliessenen freinde und wähmietigen sohne

Jozef Filser
aufgläster abgeorneter.

Das ladeinische brauchd ienen nichd wuhndern indem das ich minischtrand gewäsen bien und überhaups ein andechtiger Gadollik und besucher der kierche.

Nachschrieft.

Durch disses wierd beschtetigt das sich ahles so befunden had und warheiz getrei fon inser hochferährten und gelibten kandiedath Jozef Filser ist beschriem wohrden und auch der rinzläderne dreghamel ist der wahrheid gemäs.

Disses beschtetigt mid underschrieft und nahmen:

Nothabehni:

Durch disses zeige ich an das ich noch ein schreiben verfase wo ich die schlächtigkeid des greisleten Alisi mit der Emeränsia ofenbahrig mache.

An hern Sepastian Gneidl

Oegonohm und Kandiethat in Sinzing,
Bosd daselbs

liber Schpezl jez mus ich dier mit drauringen härzen schreim das inser hochwirninger bfahrer Schanderl von ein schlagl getropfen zu den Aengeln hinauf gefarren ist. Rehg ... Rägwießkath ... du weist schohn.

Mein liber wastl, ich mus es dir sahgen das diser mentsch sär häslich auf mich wahr und bald ich auch keine schattenfreide nichd hawe bien ich doch fohler säligkeit das er jez eingrahben ist. läbe wol!

Fon inserner draurigen aufläsung bis heinte ist er fohler gieft auf mich gewäsen und am läzten midwoch had er zun bosthalter gesagd, das ich eine schlahnge bien, wo er den kobf zerdritt und disser filser had er gesagt ist ein schandfläg der Gemeunde und des dischtrigtes und des landes und mus hinwäg und sagd er, das wiel er sähen ob disser unscheunbahre bauernrahmel kämbfen darf gengen die briester des härn und diehner des althars. Aber am Donerstagh ist er in der Waschkuchl umgefahlen und had einen gmägezer getahn und wahr im jenseiz. Mein liber schpezl du hasd es gewies geläsen wies ein flughblad herumgäben hamm an die bauern, wo darinn geschtanden ist, das ich ein ordanährer kerl bien und fiele schimbfwohrte auf mich und ich weuß es vom lährer das der schanderl einen hunzheiternen lumpn angeriechd had das er gengen mich schreibd aber nichd unterschreibd weul er anxt had das ich ien herfoze. Disses had der schanderl fohlbracht, damid das der ährwirdinge bauernschtand aus dem barlamänd ferschwiendet und plos wamperte bfahrer und glazete bänifizi darien befiendlich wärden.

Mein liber ahber ich hawe schon aufdrath und in beinharding bei der fersamlung hawe ich gesagd das mier fieleichd simenthaler und bintschgauer und ferschidene sohrten rindfiecher hawen aber plos eine gathung fon zendrumsleiten und bald auch die bfahrer klauben das sie zuchdinspekter siend und breise ferdeilen missen fier das nietzlichste rindfiech deswägen sind mir nichd damid einferstahnden, sontern mier gäben ahle so fiehl millch wie der anderne und mir gäben eine kadollische millch. Da hawen die leite aber gelachd und sär schtark gebatscht und der greislete alisi ist auf den bohdium gegangen und had gesagd das disser fergleich schon beweußt was ich fier ein kahrakter hawe und da bien ich hinauf und hawe gesagd jawoll und ich bien fon kahrakter ein oegonohm und mus meine sache forbriengen als ein solchener. Und hawe ich gesagd, ich bien bloß ein Bauer der wo in seinen sakh arbeit und bald ich im barlamänd sieze wierd bloß mein leubliches Gud weninger aber bald inser geischlinger Här ins barlamänd get wierd das geischlinge Gud fon ins ahlen weninger und er ferfeimt eine arbeith fier die mir ahle zallen und da ist der greislete Alisi hinauf und had gesagd gelibte sagd er bald disser mentsch insern heulingen beruhf angreifft braugen mir iberhaups nichz mehr zun räden aber disses sagd er wiehl ich noch hinzusäzen das mahn ins barlamänd leite schikhen mus die wo eine bieldung besiezen und läsen und schreibn kienen aber nichd einen sollchen gewehnlichen mahn wo insern gelibten wallgreis und seine bewonner als Plamaschi gereicht und wo durch seine unwiesenheit schon so weid um sich gegriefen had, das inser ährwirdinges zändrum fier eine filserbardei beschimft ist wohrden.

Mein liber schpezl da bin ich aber hinauf und sahge ier beinhartinger und lansleite und wehler sahge ich da haben mir jez einen jungen gokhel krahn hörn und mid der Zeid wird es fieleichd ein richtinger gokhel bald sie keinen kabaun daraus machen und iem die fädern beser waxen und ien mehrerne hännen in die lähr nemen, aber jez kahn er noch nichz. Mir wohlen den heulingen beruhf fon dissem Jiengling nichd schedigen sontern mir wohlen ien unterschtiezen dadurch das mir wohlen, das die jungen mentschen riechtig auslärnen und nichd zu friehe fom meßläsen zu der bolidik weglauffen und hawe ich gesagd meine liben leite disses ist sehr ferdächtig das inser bfahrer seinen lährling so gärne fier das Barlamänd fortschicken mechte den bald ein meißter einen lährling had wo er braugen kahn last er ien nichd wäg sontern er behalt ien und hawe ich gesagd meine liben leite mir wohlen bei insern bfahrer Schanderl eine bietschrift eingäben, das er dissen Jingling behalt bis er ausgelernt had und ien nichd ferstost. Meine liben lansleite hawe ich gesagd bedref disses das ich eine Plamaschi bien mus ich bemergen das ich dreitsen jar der biderne Oegonohm und bardeibruder fon seinem hern bfahrer gewäsen bien und fileichd ist jez die freilein bfarrerkächin nichd mer zufriden mid meiner bieldung und gefahlt ier das beser was disser jingling kahn.

Mein liber wastl da hätest schaugen missen wie der greislete Alisi ferschwunden ist und ein pahr Täge darnach had den bfahrer der schlahg getropfen und had auch die Kächin gesagd, das ien der schmärz iber meine frächheit umpracht had, aber mir wiesen, das er einen fiel schönern tod gehabd had durch die gäns und anthen und händeln und die menascherieh wo er zamschnabaliert had. Jez ist er toth und kahn seinen greisleten alsi nichd mer ins barlamänd fersäzen.

Mein liber wastl hopfenlich kähnen mir bald wider einahnder kahlegen heußen? Ich schon.

Inser Gabidlforstand Dobias Angerer fon Zillhofen ist bein begrebnis da gewäsen und had gesagd zu mir das ich fon zändrum beschtetigt werde.

Ich freie mich sär stark bald mir in minchen einrucken, und die gans ahndern missen sich auch freien bald mir aufgläste Abgeornete daher kohmen und mir sind jez wie die wepsen, wo mahn aus ierem näst ferdrieben had und stechen firchterlich und mir hawen keinen respäkt durchaus gahr nichd mer sontern stächen auch in der nehe des trohnes. der Salfermoser haz mir geschriem das der lärno fohler wuht ist und der häld von rägensburg had sich seine breißische schleiffen lasen und had schohn fiel Kraud bestält wo er drauf die miniester ferspeißt und der ortherer had sich fiele zehne einsäzen lasen und bald er auf der strase gäht schnabbt er iemer damid das er sich einiebt. disses wierd anderst fidehl. der her Angerer had zu mier gesagd, das fieleichd baiern eine repabliek werd, bald die wiedelspacher nichd anderne seiten aufziehgen und der bardeiforstand weuß es aber noch nichd gewieß, ob er gnedig sein wiel gengen das angeschtammte härscherhaus. Mit die Minischter machen mir ieberhaupz keine umstend nichd mer und hielft ienen kein flähen sontern sie missen den wahnderschtab ergreuffen und ier broth in schweise ieres angesichz ferdinen und der ärzengel Georg ferdreibt sie aus dem baradisse und der oßwald schmeußt ienen den huth nach bald sie hinauß fliehgen. disses wierd noch fiel fidehler als wie zuerscht und bald mir dissesmahl den schwuhr der Treie gengen das härscherhauß ablägen missen mir ahle einen kalden Eid leißten, das der schwuhr in den bohden farrt und mir gans fräch sein dierfen.

läbe woll alter schpezl und läge deinen stäken auch ins waser das er hard wierd bald mier die minischter herum lasen.

Juhu!

Ich haue anderst zu das den groskobfeten die briehlen anlauffen.

läbe woll

fon deinem liben freind
Jozef Filser.

Das neie Barlahmend

Gelibte in Härn!

Zuerscht mus ich es eich zun wiesen machen, das ich bin gewelt wohrden und allsbahld wider nach Minchen kohme. Es had file leithe geben, wo mier disse rumfole auferstähung nichd gunnen sontern geschprochen und geschriem hawen das disser mentsch nichd mähr sich blieken lasen derf, und ich mus es mid schmerzen sahgen das leuder meine ienigen bardeibrieder am frechsten auf mich geschimbft hawen.

Dersälbige schreihber fon der Eusenbahn mechte auch schimbfen ieber den althen barlamändarischen fertretter des Folkhes, wo schohn regiehrt had, wies dissem mentschen noch in die hossen gangen ist. So ein harmsäliger mentsch der wo sein läben nichz than had als nuhmern aufgeschriem fon die biehrwägen oder Mielchpietschen oder die säuhe, wo mir biderne landmähner herfor briengen, ein sollchener mechte seine fozen schtrabazirn und seine Drägschleidern aufreisen.

Mein liber, da rahme ich dich zusahmen du hergozakeramänt und schreihbe die säuhe auf du schreihbersgnächd du halbseihdener, du ausgrunens Dräbernfaß.

Was wielst du fon dem mahne des folkhes?

Fileichd dadurch das er nichd so schreim kahn wie du indem das seine hende fom bfluge gehärthet siend und keihne sollchen bazigen fienger nichd had wie deine brathwierschte, du schreihbersgesähle!

Meine liben leithe ich bien gewies ein kristlicher mahn fohler barmhärzikeid und wähmuth und thue nimanden nichz, aber jäz geht mier die gedulth aus bald solchene schweinerne brieder herumfarren und auf dem lande ieber mich schiembfen das ich dem bauernschtande zur unähre gereuche.

Schreihbe die säuhe auf und die mielchpitschen fir was du fom folkhe bezallt bist und schimbfe nichd ieber mich du hanzwurscht du drieaugeter!

Gelibte in härn jäz wohlen mir aber hinweggehen fon dissem drauringen Kabiedel der mentschlichen hasbegiehrde und Eiffersuchd und mir wohlen in freide schwälgen!

Haläluha!

Nichz als wie lauder haläluha!

Gelibte in härn!

Im winther for es zum schneiben had angefangen had ins ein schlechter wiend hinauß gewaht aus dem härlichen ballaste des barlamänz und mier sind mit drauringen härzen gewahndert in inser libliches heum zu dem gelibten weihbe und insernen kiendern und mir hawen mid betripten auhge herumgeschaugt in inserner wonstette wo mier gehoft gehabt hawen das mier sie nichd bald widersähen. Aber auf einmahl sind mir daheum gewäsen wie anderne mentschen und keine barlamändarischen nichd und mir haben ins im schtiehlen erforschd ob mir fileichd ins gans dem Genuse des landläbens hingäben missen oder nichd, den nichz gewieses weuß mahn nichd und durch disse ferbrächerische freindschafd fon insern keniglichen beahmthen mid den sotsi ist uns sär schlächt zu muthe geworn.

Mir hawen ins sähr schtark ieberlegt ob mir fileichd nichd zu fräch gewäsen siend indäm das mir ins geteischt haben wie fil mir inserner regierung auflahden dierfen und bei einer fersamlung fon geischlingen Ferdrauensmähnern had auch der bäpschtliche hausbraleth Gsothaber gesagd meine kiender sagt er dissesmahl habz eich zu fil trauth und bald auch ein bairischer miniester fil ferdragen kahn habz ier die supen zu schtark geschmaltzen.

Da hawen mir ins sähr geschähmt nichd deßzwegen weil mir fräch wahren sontern das mir nicht kent hawen wan mir aufhären missen.

Aber disse schahm wahr plos brifatiem und bald ins nimand gehärt had, aber fier die andern leithe hawen mir den stiehl umdraht und ins gewunderth das der ministher so ferbländet ist fier das woll des fatherlandes und die bästen freinde ferstosen derf.

Der hausbraleth had auch gesagd das jäz die friechte da siend fon inserner briederschaft mit den sotsie und had er gesagd bald die ärzbischäfe schpezel siend mid solchen leithen köhnen mir nichz sahgen gengen die beamthen, aber disses wahr auch plos brifatiem und in der welth hawen mir die auhgen ferdrath ieber disse mentschen, wo es ins nachgemacht haben. In der bolidik mus mahn es machen wie im wierzhauß bald ein freind zuhaud und eine fozen hergiebt siet mahn es nichd aber bald die andern herschlahgen siet mahn es schon und ist fohler abschei.

Meine lieben leithe so hawen mir die ganse zeid ins durchschwiendeln missen wie die schlächten schieler wo iere aufgab nichd gemachd hawen und siend aus der anxt nichd hinauß kohmen, das inserne wehler was mergen.

Aber Gozeidank jez ist es forieber und bald jäz der schwiendel aufkohmt machd es nichz mähr denn da geth es akarad so wie beim fiechhandl, wo der mentsch das fiech behalden mus bald er den gesäzlichen fähler nichd spahnt, und den abgeorneten derf mahn iberhaupz nichd mähr zurikgäben, sontern mus ien behalden bald er noch so fil gesäzlinge fähler had.

Gozeidank!

Jäzt had der schlechte wiend aufgehert zun blassen und mir zihen fon der schänen heumath fort nach minchen hinein fohler wuht und Umbarmhärzikeid, indem das inser Generall Orderer den befähl erdeilt had, das ahle minischter inserne feunde siend und fäldgeschrei ist ausgäben, das sie ausi müssen aus der wiertschafd zun bayrischen löwen.

Jäz haben *mir* wider disse wiertschaft gebachtet und sollchene gäschte köhnen mir nichd leihden wo ins zuerscht hinauß geschmissen hawen, sontern jäz bfeift der neie wierth, wo sich Orderer schreibt seinen haußgnecht held das er sie hinaußtud und bald disses breißische Grippelmahnderl nichd gelangt, siend mier da mit insern arbeizahmen henden und tiechtigen feisten.

Meine liben leithe jäz häz ier aber sehgen solen wie schnel die wirzstuben lahr gewohrden ist noch for das mier hinein siend, sontern bloß wies ins aus der färne haben kohmen hären had jäder seinen hud bakt und ist gelauffen das iem die färsen auf den a entschuldigen auf den hientern geschlahgen haben.

Der bodewisel ist bei der hinthern Thiere hinauß das der staup geflohgen ist und had schohn geklaubt mir siend hinter iem här mit insern geweichten stekhen und ist geflohen in die resadenz wo er um schänes wether bithen wiel.

Der wähner toni wo mier sonzt fir einen sär schtarken kadolikhen gehalden hawen und jäz fir einen häslichen tirahnen gengen jeßuithen und einen miesratenen son der muther kierche erkehnen ist bein fänster hinauß und ist iem der frauendorfer wo inser ergster feund ist auf den kobf gesbrungen. Der Mielthner had sein ziliender hint lasen missen und die ahndern hawen auch keine zeid nichd mähr gehabt das die thiere zu machen.

Jäz ist das wierzhauß lär und die minischterstiehle warthen wer sich darauf siezt. Eine sollchene anxt haben die mentschen for dem bidernen landmahn bald er gereizt ist und fier das fatherland schtreiten wiel als wie bei der sändlinger schlachd gengen banduhren und minischter.

Disses hawen mir folbracht.

Meine liben leithe jäz ist fastnacht wo father und muther und kiender danzen wohlen und herum flankheln und da hawen mir auch einen danz aufgefiehrt mit dem minischteri und hawen den kehrauß gedanzt und mir haben ins ein kaschperlgespiel auffihren lasen das wo heist die dapferen minischter in baiern und mir haben anderst gelachd wie sie dafon gelauffen siend plos weil der hanswurscht zurik gekohmen ist mid seiner britschen.

Da fragt der kaschperl buam seiz ahle da und mier schreihen jo und ist aber nichd gans wahr indem das der bliez schon ein wänig eingeschlahgen had in den zändrumsthurm und elfi siend erschlahgen worden.

Mir hawen ein leuchenmal gehalden im Gasino und der Orderer had die leuchenräde gehalden und had gesagd, das man nichd weis wie schnäl es ofd dahien geth. Er had es aber schon gewißt und ist als ädler Kämbfer in Inglstad in die schlachd gezohgen wo keine gefarr nichd ist und kein wollf aus der schaffhärde den hamel entreisen kahn.

Fon den gefahlenen ädlen Schtreitern ist der ädelste der hochwierninge her haußbraled Schädler, wo schohn zwahnzig jar das barlamänd forziehrt had und so gescheid wahr das er frieher auch in Inglstad gekämbft had aber jäz in Bahmberg haz ien zeriessen.

Der kandither und bräzelpacher Forster fon Egenfälden had ins gras biesen und mus jez draurig sein bärendräg und gerschtenschleum fier die schlägghaften mätchen ferkauffen und mir weunen iem eine threne nach, den er wahr ein libreucher waxziehger und had den ährenahmen gehabd der kadollische zweschgentatschi.

Auch der franz Dauer ist hinwäggeraft wohrden und durch ien ist ein schöhner mentsch ferlohren gangen mit einen schnuhrbart wie der schwans von einen eichkazl.

Auch dem asesser Jäger ist disses mal die biexe arschlings los gangen und had ien selbs getrofen, das er schtark ferwundet ist und wider einen asesser machen mus.

Der gnahden her landriechter Schöndorf derf auch nichd mähr nach minchen farren sontern daheum bleiben im greise der liben und in dem lahnde wo es keine Dihäden nichd gibd.

Jäz missen mir auch noch wähklahgen wegen einen, den wo der orderer nichd genant had wegen insern Doktor heum, der wo nichd mär möhgen had wegn seiner gesundheid indem das er die ausdienstung fon hern Bichler nicht ferdragen kahn.

Mir biderne landmähner thun bei die andern blos so aber fier dissen mahn seufzen mier sär schtark und bald mier ien gengen sex Kadau und sex Bichler krigen kenten mechten mir gleuch disses gescheft machen und ferlangen nichz herauß sontern geben noch einen Kadau drein bald disen kadau wer wiel, aber leuder so thum ist kein mentsch.

Mir biderne landmähner haben beschlosen das es sär schmerzlich ist, das disser mahn nichd mer zun forschein komt indem das er den purschen wo in der bardei sich ein pißchen fiel kraud herausgenohmen haben, auf die fozen geschlahgen had zu inserner grosen freide.

Meine liben leithe jäz schlahgt ienen nimand mär auf die fozen und baßt nur auf das mier jäz was erläben bald jäz disse Purschen wield wehrden und mid die haxen ausschlahgen derfen da get es zu als wie im frujahr wan mahn die saubährn auslast und farren gans damisch herum und grunsen abscheilich. Gelibte im härn mir wohlen aber frälich sein das mir selbs wider da sind wo die Dihäden siend.

Nachdem das disses leuchenmal mid groser lustbahrkeid ist zu ende gangen haben inserne groskobfeten eine Breißferteilung gehalden fier die landstrieche fon Baiern wo sich fier räligiohn und inserne Dihäden am bästen sich bewehrt haben.

Den erschten Breiß had erhalden der bezirk Oberbfaltz mid ahlen bunkten. Es siend zur Ausstehlung gelangd in dissem bezierke fimbzähn mitglider der bairischen zändrumsgenosenschafd und siend ahle fimbzähn angekaufft wohrden fier das barlamänd.

freihling ist eihner dabei under dissen erwohrbenen, wo nichd fon inserner Rahse ist, aber mahn mus ien haben weil er eingeschriem und eingetrahgen ist in der Genosenschafd. Er ist ein breiße mid nahmens Held und ist leuder zugereißt und had mahn es frieher ferseimt das mahn iem das Reißgeld ersäzt hat und wider heumgeschiekt had in sein schenes Fatherland, aber dorth missen sie ien nichd braugen känen, weul sie ien gahr so gern herlasen und sie haben ien fieleicht erkahnt.

In disser oberbfaltz mus es noch fil schener sein als wie bei ins und ich mus den bezierk anschaugen. Der Irxner michel had es mir ferzelt wie es freidefohl ist zun läben und legt mahn schohn dem kiende in seine wigen ein rossengranz und ein schmaizlerglaß und durch disses wierd er ein oberpfaizler und Kadolikh und bleibt es und brauchd mahn keine anxt zu haben, das er nachdänkt sontern er wehlt plos. Aber bald iem der schmaizler ausgät mus mahn iem schnäll einen forschafen sonzt grohlt er gengen den stat und die muther kierche. In disser walbähriode siend fom heulingen father in Rohm fürzen zändner schmaizler nach ambärg geschiggt wohrden wodurch mein bardeibruder lerno mit Driumbf ist gewelt wohrden. Inser Dokter had es mier genau ausgelegt, wohär disses komt indem das der schnubfdabak das hiern anfeiert als wie der bfäffer und bald das hiern rechd scharff ist gelangt die anhenglichkeid an das zändrum hinein und kahn nichd mär hinaußgelangen indem das das nassenloch mit dem schnubfdabak ferstobpft ist. Durch disses hawen mir inserne ergäbnise in der oberbfaltz und auch den held und den lerno.

Den zweithen breiß had erhalden der bezierk Niderbaiern. Es siend Auftrieben wohrden zur ausstehlung achzähn schwartze, und leuder siend drei zurikgeschlahgen wohrden und dafier rothgefläkte biendler angenohmen wohrden. Das nextemahl missen wir ein bar wagohn schmaizler auch in disses land schiekhen obwol im bayrischen Wahld schon fil geschnubft wierd und in bassau gleich so fil das sie den bichler wehlen. Den drithen breiß had erhalden die landschafd Untherfranken, wo fier schwartze wegtriehben sind wohrden aber fürzen angekaufft.

Disses ist ein groser schmärz fier ins oberbaiern das mir durch die stath minchen siend breißferlustig wohrden indem disse gleich dreizähn rothe gelifert had aber mir fom land hawen zwahnzig schwartze ins barlamänd eingelahden, und leuder ist disser katau dabei, wodurch mir erscht rechd keinen breiß ferdint hawen.

Jäz ist die breißferteilung foriber und sohl die musiek einen höll klingenden dusch blassen.

Gelibte im härn durch disses das mir alßo wider bei sahmen sind wohlen mir ins beraden, was mir jäz begienen.

Inser forstand Orderer had ins einen brif forgeläsen den wo ein dafon geloffener minischter an ien geschriem had und wo er um gnahde flät, das mir das känigreich baiern noch bestähen lasen. Mir haben eine lange beradung über disses gehabt, ob mir ins erweuchen lasen und der Orderer selbs ist sär hardhärzig gewäsen und had nichd mär wohlen, und plos mir landmähner haben den drohn gestietzt.

Aber die stath Minchen mus eine harthe straffe erhalden und da giebt es keine barmhärzikeid, und bald mir sie auch nichd an alen fier ekhen anzienden mus sie doch um gnade wimbseln. Disses ist beschlosen.

Mier sind gans gemiethlich auf den stiehlen der folksfertreter gesässen und hawen an nichz gedenkt bis auf einmahl fräche mentschen uns hienten gestochen hawen das mir haben den siez ferlasen missen.

Meine liben leithe disse nahdel wo ins gestochen had stäkt noch darien und mir hawen einen schiefling im a im hienthern der wo ausschwährt und dadurch haben mir einen has auf die groskobfeten der wo nichd fergät.

Erst bald mahn ins einen ballsam darauf schmirt und der wähdam fergät wohlen mir wider känigstreie Underthanen sein aber so lang der schifling im baken stäkt hawen mir rachefohle Grundseze und die Gozöbersten solen schaugen das sie bald einen ballsam fienden, den wo sie ins hinaufschmiren.

Sonzt ist es aus mid der angeschtamten Treie.

Den wo es angeth der fersteth mich schohn und schauge nichd um der fux geth um.

Disses gäbe ich zun wiesen, damid das es ahle läsen und werz mich schohn gähen hören und beschtetige es durch meine unterschrieft

Jozef Filser
nei gewelter käniglicher Abgeorneter
und Mitglid fon rachebunth.

Disses bald ich nochmahl erfarre das ein mentsch ieber mich schimbfd und das biderne landfolk anschwiendelt an dissem schlahge ich einen dreizöhligen stäken auseinahnder. Kohme nichd mär hinauß du wahgenschreiber, Du biläthenzwieker, sonzt nähme ich dein andliez in meine arbeizahme hand du hergozapperamend!

Und base auf wie ich dich schpringen lase! Und ich iebe an dier meine notwähr aus das du waserbladern krigst.

Disses beschtetigt zun zweithenmahle

Jozef Filser.

Nuhmera 2

Jäz habe ich es geläsen das ein mentsch fon der kristgadollischen Zeidung ein brif geschriben had als wenz ich geschriben häth. Disses had mich sär gefreith das sollchene rindfiecher sich bäsern und ein guthes Beispiehl sich nämen. Bis jäz had das gadollische folkh immer geklaubt, das dissen mentschen in beirischen Kuhrir ein ox das hiern ausgesopfen had. Und mus er ahber doch ein pißchen was darin gelasen haben. Fileicht haz dem oxen graußt?

An hern Sepastian Gneidl, Oegonohm

in Sinzing Bosd daselbs.

liber freind und kubferstächer indem das du so draurich biest dadurch das dich der bauhernbindler besigth had und nichd mer gewelt biest worden must du nichd so draurich sein den fileichd ist es eine briefung gothes das du wider bei deiner althen daheum bleiben must und deine geischtingen und fleuschlingen krefte in der familli obferst und nichd in barlamänd als wien ich.

Du weist es ja selm wie disser beruhf angeschträngt ist und keine anerkähnung nichd had sontern die stieze des aldahrs und trohnes wierd hinausgeschmissen und aufgläst und weis nichd ob er widerkohmt den es ist so als wie bei den schwahlben wo nach den sieden fortziehgen und obs sie widerkohmen zun ieren näste ist nichd gewies bald sie ein idalänischer makranifrässer fangt und ferspeißt und dich habens die pauernbiendler ferspeißt, aber ich bien heum gekohmen zu meinen näste und häre schon den ortherer zwietschgern, wo auch in seinen näste sich befiendlich ist.

mein liber mentsch du must es fier eine briefung gothes nämen, der wo es schohn wiesen wird waruhm und bald er keihnen spazen nichd fehlen last ohne das er wiel last er auch keihnen abgeorneten nichd hindurch fahlen ohne forsähung.

Du must dein gewiesen briefen und reimiethig erforrschen dan finzt du es schohn zwegen was du hindurch gefahlen biest mein gelibter.

Indem du mier geschriem hast ich sohl es dir schreim wie das es jäz ausschaugt in der bardei so weist du es ja schohn das mier elf sticke weninger siend und die armäh des zändrum had nach disser bludingen schlacht file ädle streitehr ferlohren wo sich tetlich angeschosen auf den bohden weltsen und du auch.

Mir siend durch disse schlachtobfer fohler wuht gewäsen und haben gewolt ins auf die feunde stierzen mit sär starkhen fäldgeschrey aber leuder mir sind gedempft wohrden indem das mahn ins einberuhfen had ins Gasieno wo inser brigadiehrgenerall Ortherer eine ansbrache an seine ofaziehre und Gemeunen gehalden had. Er had unter sich aus seiner briehle herforgeschaugt wie mier in reu und glid gestanden siend und had gesbrochen. kamarathen sagd er, mir siend wider auf den schlachtfälde fersahmelt und die bixen siend gelahden aber ier dirfts die schisse nichd mär so starkh abfeiern als wien iers in härbst herauslasen habz, den mir habens jäz eine regiehrung wo eire schisse nichd mer so gerne mag und mir habens eine regiehrung, wo bei der nämlingen fahne geschwohren hat und disses ist die schwartze fahne. kamarathen sagd er ier wiesez schon bald eine kierhweuhmusiek ist da stengen ahle zusahmen wo bei der nemlingen schahr siend und fozen die andernen aber nichd die nemlingen und fier disses mahl ist die regihrung bei inserner schahr und darf nichd gefozt wärden. Ich mache eich bekahnt mit dissen mietglidern, die wo durch anxt und schrökhen for inserner armäh auf die sieze des regiehrens sind gesäzt wohrden.

Der öberschte schreibt sich barohn heerdling und ist ein kleihner mahn mid einer briehlen wo aber einen grosen geischt in sich hat und schohn gans dike biecher had drukhen lasen und ist er ein kadollischer schrieftsäzer gewesen. Auf dissen mahn dirfz ier keine schisse nicht abfeiern indem das er auch kein sollchen spas nichd ferstät wie der abgesägelte bodewies sontern herhaud bald ier hinhauz und had auch schohn häsliche wohrte gesagd das mier haußgnächte sind.

Gehz iem aus dem wäge und bald fileichd mein gelibter sohn Held seinen foz aufreisen mächte ist disses kein schärz als wie beim bodewies und ist bäser das er sich ein gschloß vor seinen breißischen brodlahden hinhengt und keine unreihnlichkeid nichd herauslast. Der zweithe mahn schreibt sich barohn sohden und ißt ein schwahbe, wo aber schon lange zugereißt ist und immer im wiedelspacher baläh stazioniert gewesen ist bis das disse minischterbänsion fier iem ist gefunden wohrden. Er ißt ein ser ein starkher kadolliek aber sonzt ist er zimlich schwach und kniehschnaklert und darf schohn desweng nichd auf ien geschosen wärden. Und bald mein gelibter Breiße aus rägensburg fileicht auf iem seine bixe ziehlt mus ich rufen bfui has und mus iem herein bfeiffen.

Der driethe wo nicht geschosen wärden derf disses ißt der her Seitlein, der wo ahle tag einen sozi ferspeißt und sohl mahn iem nichd seine ferdauung stähren.

Obs auf die ahndere schisse abfeiern derfz weis ich aber heite noch niecht.

Kamarathen sagt er jez wiest ier eierne barohle und schwaiget aber stiel und bald eich in zändrum was drukt last ien liber wo anderst hinauß und seiz auch sonzt rechd fein und liblich gengen den barohn heerdling.

Riehrt eich sagt er und ist fon dahnen und mier hawen ins angeschaugt und indem das mich was drukt hat hawe ich seine ermanung auf der stehle befolgt.

Der häld fon rägensburg aber ißt gleich zu einen sathler gegangen und had sich ein futheral machen lasen fier seine breißische, das sie iem nichd einrostet bis er sie wider braugen kahn.

Mein liber schpezl indem du geschriem hast was der kathau fier aughen machd bald er mich erbliekt so mus ich dier schreim das er geblinselt had aber gans wähleudig indem ich iem meinen stäken gezeugt hawe und sahge ich her bosthalder dissen stab hawe ich ins waser gelägt und ißt er jäz ser hard und mus ich starkh obacht gäben das er mier nichd auskohmt und da had er nach luft geschnabt wie ein geangelther karbfen oder fileicht had er brillen gewohlt wie beim schalther und ißt aber meißchenstiel hinweg. Und indem das mich wider was drukt had hawe ich disse manung fon insern brigahdiergenerall befohlgt.

Mein liber wasthel indem ich disses schreiben beschlüsse must du nichd draurich sein den du derfst es klauben, das es dohrt auch schäner ist wo der kathau nichd ist und läbe woll weul es schmerzlich ißt das ich einspahnig bien und nichd mit Dier mein liber wasthel und es grießt Dich

Dein liber freind
und wider gewehlte in gothes radschlus
Jozef Filser
keniglicher abgeornether.

Mir wohlen insern ahlgelibten brinsrägenten bithen das er ins bald ein lieberahles Minischteri oder so eins wie den bodewies giebt, damit das die schuszeit wider aufgäth. Er had ja auch seine freide bald es schuszeith ißt.

An hochwiern hern bfahrer Blasius

Gletzenbauer in Mingharding
Bosd daselbs

hochwierninger Her Bfahrer

Zuerscht mag ich meihne Gradaliziohn das inser alerheulinger Aerzbischobf ienen zun Sälenhierten fon Mingharding auserkohren had wo sie schohn als kohbrater for dreizän jare den sahmen des krischtendums in inserne härzen gelägt hawen und wiesen das er härlich aufgangen ist und das sie eine brafe härde zun hüthen hawen.

Es siend libreiche schahfe dabei wo ieren hirthen mit freiden begrießen und brafe lähmer wo frelich um ihnen herumhibfen und den hiemel fohler dankh anschaugen das er ins einen solchen bfahhern geschpendet had und ich denge mid freiden das mir so oft bein bosdhalder einen griebingen terokh gemachd hawen. Auch mache ich meine danksahgung das mir hochwiern her bfahrer einen brif geschriem haben wo mahn es siecht das sie fohler Gnahde gengen mich gesohnen sind und disses erfielt mein härz mit groser freide indem das der ferstorbene her schanderl seinen schmerzlichen has auf mich geworffen had und möhge er in friden ruhen aber in ahler ewikeid ahmen.

Durch disses das sie schreim mir missen zusahmen arbeithen an der krischtlingen Gesienung der gemeunde haben sie gans rächt und wiel ich schohn hälfen das mir den bohden guth diengen und mischt breithen und ohdeln damit das der klaube waxt.

hochwiern her bfahrer dierfens schohn wiesen das ich ein sär schtarker kadollik bien der wo ein härz had fir seine geischlikeit und balzie was braugen oder einen ferdrus hawen mit den schullärer oder anderne ungleibige biahmte so wiel ich schohn die schtieme des Folksfertretters erschahlen lasen das dissen heuden anxt und bange wierd.

Disses fersprähe ich als ier ienigster freind und buntesgenose.

Indem das sie mir auch geschriem hawen zwegen dissen mohdu oder wie mans heußt fon insern heulingen father in rohm das der geischlinge her keine kechin nichd mär besiezen derf und wie das die bairische regihrung gengen die kechienen gesient ist so hawe ich mich fleußig erkundieget und auch bei ieren hochwiernigen ambsbriedern befragd und kahn ich ienen schohn eine auskumbfd ferleihen.

Disser befähl gielt nichz in baiern und ieberhaubs in sollchen lendern wo die geischlingen hern an iere kechin gewähnt siend sontern plos in siedlichen lendern gielt es indem das im sieden die leudenschafftlichkeiten fil schterker sind und auch braugens sie dohrt keine kechin weil disse speißen wo die geischlingen hern erhalden auch von menlicher hand bereithet wärden zun beispil sahlamie und bohlenda und makrahni. Aber die hochwierninge Geischlikeid von baiern wo brathene hendeln libt und gense oder schweinerns mid krauth oder gefiehlte brußtbrathen mus eine weibliche kochkunzt bei sich hawen und brauchd eine kechin fier das schweinerne und den brußtbrathen.

In rohm had mahn es nicht so gewießt wie die nothdurft in den nerdlichen lendern greser ist als wie in den siedlichen und ist ieberhaupz ein ungliek sagd der kohbrater hiengerl wo abgeorneter ist das die geischlikeid in rohm sich keihnen begrief machd fon der bairischen nothdurft.

In itahlien drunthen kohmt es schohn for daß ein geischlinger her durch die fierchterlinge hieze einen sohnenstiech emfängt und fileichd bei der kechin in ierer kahmer erwiescht wird aber in baiern gibz so was nichd.

Indem das ieberhaupz die tämperatuhr eine gans anderne ist.

Und ieberhaupz weis disses jäder oegonohm das ein schtarker unterschid ist zwischen der leudenschafft fon sieden und nohrden indem ich zun beispil einen itahliäner gokhel hawe und einen deutschen. Disser italiähner ist sär hiezig und bald er eine häne siecht auf dreisig schrithe krazt er schohn und stehlt die fädern auf und hußdaxdax haber der deutsche ist gros und feth und had es liber mit dem frässen und mus sich eine häne schohn sär libreuch beweißen bis das iem was einfahlt. Ich klaube das es bei den mentschen akerat so ist und in rohm kehnen sie plos die italihäner gokhel.

Sie braugen keine anxt nichd zun haben hochwiern her bfahrer indem das ein grosmechtiger her nach rohm gereißt ist und had es ienen erklehrt das die kechin in Baiern eine ährwirdige einriechtung ist und one geschlächtlichkeid, indem das sie iere leudenschafften bein kochen auslast aber nichd in sexten Geboth.

Und sohlen sie nur einen kahrdienal herschiken der wo ein solchenes brafes frauenziehmer betrachdet und disser beobachther wierd es schohn begreufen das sie ier gnakh und hinderkwartiehr nichd durch schlächten läbenswahndel so schtark fermährt.

Und ieberhaupz braugen mir in baiern das weibliche geschlächt zun kochen und striembfe stopfen und hematgnöbf einnahen und lasen ins disse angeschtahmten einriechtungen nichd fon eihnen menlichen haußgnächt feriechten und in disse gefiehle lasen mier ins nichd einmahl fom bapscht was einräden.

Mir stähen fäst und trei zusahmen zu insern bfahrer und zu inserner bfahrerkechin.

Disses beschtetigt feuerlich

ier gelibther
Jozef Filser
keniglicher abgeorneter.

Nothabeni und Beschlüßung

Jez mus ich disses Buch beschlüßen dadurch das es genug ist und mus auch hadjeh sahgen ahlen wo es geläsen haben dissen Brifwexel fon einen bidernen Landmahne nahmens Jozef Filser. Libe Krischtengemeihnde jez habz ier ahles geläsen und ißt bunktum streisand drauf und könz ier meine zeigen machen bald wider so hunzheitene Lumpen sahgen, das durch disse brife wo ich mid meinen härzbluthe geschriem habe ist der ädle bauhernstand beleudiget. Obwoll das ich bein zändrum bien mus ich es doch leuder beschtetingen das die ausgschamtesten lugenbeithel oft bei dissen zändrumshern befiendlich sind wo bolidisieren und das mauhl foler gemeinheid hawen.

Ich kehne einen der had eine haud so gälb wie aldes schweinzläder und auch schmierbig wie schmallz und seine auhgen machd er iemer zu damid das mahn nichd bemergen sohl wie schlächt sie siend und schohn schlechter wie fon einer kaze.

Bald mahn dissen mahn auf die Häneraugen triet oder iem die biderne faußt hinhäbt ist er sambft wie eine barmherzinge schwäster und er lischpelt ein gebeth und fordrath die auhgen zun hiemel als wen er gleich hinauffarren mächte, aber bald mahn sich umkert bliezen seine auhgen fohler wuht und er schtiecht einen mit seiner gieftingen zunge wie eine kubfernather und kreizother.

Disser mahn ist ein hoher geischlinger und bald er mid dem grösten spiezbuhben fon der welth seine fallschheid auswexeln mus krigt er noch was herauß.

Er meint ich weis es nichd aber ich weis es schohn, das er das feldgeschrey ieber mich herausgäben had, das ich ein schand und spoth bien fier das biederne Folk der bauhern, und er schiekt seine haußgnechte, wo sich als die grösten lakhel aufweisen am lande heruhm das sie ieber dissen Jozef Filser schimbfen.

Mein gelibtes landfolk du brauxt dissen gans schweunernen sählenhandlern nicht zum glauhben sontern klaube an dissen Jozef Filser wo bei dir stet und ein bauernhärz had und blos aus bolidiek bein zändrum ist aber in wierklichkeid nichd sondern bei den anschtendigen Menschen lase disse geweuchten lugenschiepel nur seiseln und hofen mir das disser Jozef Filser ienen noch sär heifig mid einen wagscheithel ieber die geschwohlköbfe haud.

Disses wiel ich mit freiden folbringen und wiensche auch das ier gesund bleibz bis ich wider kohme.

Damit beschliese ich disses buch mit bischöflicher abrabaziohn und bäbschtlinger genähmigung.

Tominus fobischkum.

hadjeh!

fon eiern liben
Jozef Filser
keniglicher abgeorneter und
auserwehlter freind gothes